ZHONGGUOXUESHENGZONGHENENGLIPEIYANGBIDU

中国学生综合能力培养必读

上

开发学生发散思维的益智故事

成长必读编委会◎编著

让好故事教你换个角度想问题

思维一旦陷入一种定势，就难以收获富有创造性的成果。快把束缚我们思考的“枷锁”打开吧！

北京联合出版公司

图书在版编目（CIP）数据

开发学生发散思维的益智故事/《开发学生发散思维的益智故事》编辑部编. —北京：北京联合出版公司，2010.5（2015.10 修订重印）

ISBN 978-7-8072-4636-7

Ⅰ. 开…　Ⅱ. 开…　Ⅲ. 故事—作品集—世界　Ⅳ. I14

中国版本图书馆 CIP 数据核字（2008）第 214382 号

开发学生发散思维的益智故事

编　　著：《开发学生发散思维的益智故事》编辑部
责任编辑：和庚方
封面设计：燕宏林洲
图文制作：北京东方视点数据技术有限公司

北京联合出版公司出版
（北京市西城区德外大街 83 号楼 9 层　100088）
北京龙跃印务有限公司　新华书店经销
字数 200 千字　640mm×960mm　1/16　24 印张
2015 年 10 月第 2 版　第 3 次印刷
ISBN 978-7-8072-4636-7
定价：56.00 元（全二册）

前 言

阅读改变人生。阅读有趣的故事，会令读者充实心灵，展开想象的翅膀，随着跌宕的情节在脑海中描绘起伏的图画；而科学是严肃的，科学知识的学习，则需要学习者专心致志的研究，运用缜密的逻辑，一丝不苟地分析解剖然后消化吸收。但对于我们来说，科学并不一定是板着面孔的枯燥说教，它也可以与故事一起，展开想象的翅膀，以轻松的姿态、有趣的形式，呈现在读者面前。

《开发学生发散思维的益智故事》把故事和科学道理巧妙地结合起来，选取了100个有趣的故事，每个故事都蕴涵一个科学智慧，并在每个故事后加设栏目“成长在线”，为读者详细讲解故事中的科学道理，浅显易懂，活泼生动。细腻流畅的语言、生动精美的插图，通俗有趣的益智故事娓娓道来，把智慧的种子播撒在孩子的心田，让智慧从此生根发芽。在这里，科学知识不是呆板的定理，繁杂的公式，枯燥的运算，而是有趣的、简单的、一目了然的，是在阅读故事的同时可以轻松掌握的。

有趣的益智故事，不仅好看，而且是对读者潜移默化的教育；轻松的科学智慧，不只实用，更是开拓了读者认识世界的思维。100个益智故事，用科学和智慧，为读者献上一份“色、香、味俱全”的精神大餐。“思维自惊奇和疑问开始”，愿本书能为读者打开一扇进入科学殿堂的大门，在兴趣的引导下攀登科学的高峰。

编者

目　录

金冠之谜

一年一度的盛大祭神节就要到了。艾希罗国王交给金匠一块纯金，命令他制出一顶非常精巧、华丽的王冠。王冠制成后，国王爱不释手，但他拿在手里掂了掂，觉得有点不对劲。他叫来金匠问是否掺了假，金匠以脑袋担保不会有假。国王既不能肯定有假，又不相信金匠的誓言，于是把阿基米德找来，要他解此难题。

一连几天，阿基米德闭门谢客，反复琢磨，因为实心的金块与镂空的王冠外形不同，不砸碎王冠铸成金块，便没有办法求算其体积，也就无法验证是否掺了假。他绞尽脑汁也百思不得其解。

一天，他准备洗澡，可是刚脱了上衣，就鬼使神差地抓起一团泥皂在胸脯上涂抹起来，边抹边思考那顶恼人的王冠。这时他的妻子走进来，二话没说，便把他推入浴室。他一面挣扎，一面喊道："不要湿了我的图形！不要湿了……"他还未喊完，已"扑通"一声跌入池中，妻子关上门便走开了。

谁知这一跌倒使他的思路从那些图形的死胡同里解脱出来，他注视着池沿。原来这时池水已经满了，他身子往

里一泡，那水就顺着池沿往外溢，地上的鞋子也淹在水里，他急忙俯下身子去取。而他一起身水又立即缩回池里，这一下他连鞋也不取了，又再泡到水里，就这样一出一入，水一涨一落。

再说他的妻子刚走出门外，正要去做家务，忽然听到水池里啪啦啪啦地响，她便停步返身，正要喊："连洗澡也不会了？"忽然发现阿基米德浑身上下一丝不挂，湿淋淋地冲了出来，她刚要伸手抓他，可是阿基米德已经冲到街上，高喊着"发现了！发现了！"街上的人不知道发生了什么事情，也都跟在后边追着看。阿基米德头也不回地向王宫跑去。

国王见阿基米德一丝不挂地跑来了，感到很吃惊，他好奇地问："阿基米德，你这是怎么了，怎么连衣服都不穿了？"阿基米德气喘吁吁地说："我找到测量金冠的好办法了，快给我端一盆水来。然后再给我找来同样重量的一块黄金和一块白银。”国王听他这么一说也非常高兴，也不管阿基米德是否穿衣服了，马上就让近侍按照阿基米德的吩咐去做。

不一会，东西都找来了。阿基米德把黄金和白银分两次泡进盆里。放入白银溢出的水比放入黄金溢出的水几乎要多一倍。他又把王冠和金块分别泡进水盆里，放入王冠溢出的水比放入金块溢出的多，这时金匠不得不低头承认，王冠里是掺了白银。这件事使国王对阿基米德的学问佩服至极，他立即发出布告：“以后不论阿基米德说什么话，大家都要相信。”

成长在线

阿基米德定律

阿基米德在解开了皇冠的难题后，认为这项实验不仅适用于皇冠，应该也适用于测量其他物体的体积和重量。他进一步研究，终于总结出一条规律：物体浸在任何一种液体中时，所排开的液体的体积等于这个物体所浸入的体积。因为，物体所受的浮力和所排开液体的重量相等。这就是物理学中的重要定律——浮力定律。为了纪念阿基米德，人们便将这个定律称为阿基米德定律。

现在，我们确切地知道，白银的密度是10.5（克/每立方厘米），黄金的密度是19.3（克/每立方厘米）。它们的密度几乎相差一倍，所以同等重量的白银体积要比黄金差不多大一倍。因此，把同等重量的白银和黄金浸入水中，白银溢出的水比黄金溢出的水几乎要多一倍。

神奇的降落伞

1682年，意大利监狱里关押着一个叫拉文的犯人。他的命运很悲惨。小的时候家里很穷，父母身体都不好，他不得不拼命劳动才能填饱一家人的肚子。就这样过了一年又一年。转眼间，三年过去了。父母看到他每天这么辛苦，就对他说："孩子，你还是想想办法做点生意吧，要不然长此以往也不是办法。"拉文听了之后，心里不禁一动。原来，父母说的和他的想法不谋而合。

就在他为做生意找不到本钱的时候，他的生活突然有了转机。有一次，一个商人找到他，让他为自己运一次货物，佣金高得吓人。拉文听到后不禁心花怒放，他心想："这真是上天赐给我的大好机会！我的好日子就要来了，我终于可以不用那么辛苦地劳作，挣到本钱，就可以做点小生意了。"想到这，他便毫不犹豫地答应了这个商人。

可是，事情并没有拉文想象的那么简单。原来，这个商人是个走私犯。在当时的意大利，对走私的打击力度很大。有很多人都利用未成年人携带走私货物。因为当时的法律对未成年人的惩处要轻得多。这个商人找年幼的小拉文运输货物，就是为了这个目的。刚开始，事情还进行得很顺利，可是到了最后却发生了意外。货物被没收了，小

拉文也被送进了监狱。他在监狱里越想越不是滋味，他认为是商人骗了他，他并不知情，法庭并不能因此判他的罪。于是他千方百计地想越狱，可是高高的监狱围墙就像城堡那样牢固，人即使可以设法上去，也无法下来。

小拉文每次放风的时候总是对着那高高的围墙发呆。一起的犯人看到他总是目不转睛地看着围墙，就打趣道："小拉文，你就不要做梦了，这么高的围墙，鸟才能飞得过，我看你就死了这份念头吧！"听了他的话，小拉文不禁茅塞顿开："对，鸟，鸟的翅膀，我只要像鸟一样能飞起来就行了。"他虽然高兴异常，但脸上却没有表现出来。

他在冥思苦想了几昼夜后，终于想出了一个办法。他偷偷地弄来一把雨伞，用细绳拴在一根根的伞骨上，然后再把细绳的另一端紧紧地缠绕在手里。他趁着傍晚放风的机会，悄悄地爬上高墙，撑开雨伞，奋力地向大墙外面跳去，只听"扑"的一声，他便跌落在墙外的草丛里，居然没有受一点伤，他飞快地逃跑了。他的成功告诉人们，用伞形物可以减缓冲向地面的力量。

成长在线

降落伞的原理

降落伞是利用空气阻力，依靠相对于空气运动充气展开的可展式气动力减速器，使人或物从空中安全降落到地面的一种航空工具。主要由柔性织物制成。是空降兵作战和训练、航空航天人员的救生和训练、跳伞运动员进行训练、比赛和表演，空投物资、回收飞行器的设备器材。

1783 年，法国青年诺尔曼用自制降落伞在众目睽睽之下从钟楼的高塔上跳下来，竟然安然无恙。第一个制成现代通用降落伞原型的是美国人亚平，他用坚韧的轻薄布料做成很大的能折叠的降落伞，每个伞角都有一条软绳系着，只要拉开伞绳子，就能打开伞盖。1919 年，他用这种降落伞从 900 米高的飞机上跳下来，安全着陆。

品茶的意外收获

日本人喜爱传统的花道与茶道，尤其是茶道，更被人所钟爱。一把陶壶，几片茶叶，放在小小的泥炭炉上。随着炉内的火势越来越猛，壶水就慢慢地沸腾了，紧接着，清幽的茶香便飘满了整间屋子。人们在这芬芳四溢的茶香中品茶、闲谈，真是惬意极了。

虽然茶道能够陶冶人的性情，但在当时却有一个问题始终困扰着人们。究竟是什么让人们如此为难呢？原来，随着泥炭炉中的炭火熊熊燃烧，炭火的烟气也不断地散发出来，呛得人直咳嗽。另外，炭火燃尽后的白灰也会随风四处飞扬，不但弄脏了地面，还影响了人们品茶的乐趣。

既然缺点很多，那就不用吧！但这也不行，因为茶道之人都十分注重传统，他们都认为只有在这种氛围中才能更好地陶冶人的性情，所以他们根本就不愿意改变这种古老的形式。

一位商店的女老板很快就注意到了这个问题。她想：这个问题还真是难办，既要照顾传统，又要改掉泥炭炉存在的缺点，到底用什么办法才能够解决这个问题呢？她冥思苦想了好久，也没有任何结果。“哎，还是不要想了，先去百货商店逛逛好了，没准还能有什么新发现。”想到

这，她便披上了外套，信步走到了街上。

她悠闲地一家商店一家商店地逛着。突然，她的眼睛好像被什么吸引住了。让她如此注目的究竟是什么呢？原来，是一束束的镍铬丝（也叫电热丝）。她心想：既然这种镍铬丝能够导电，我就把它绕成线圈，就像一团炭火一样，然后再把它放在像炭一样的黑色人造石炉内，最后通上电，不就和点着火的泥炭炉一样了。想到这，她不禁兴奋异常，连忙跑出了商店的大门。到家之后，她找出自己家不用的电热丝小心地把它缠绕在一起，然后把它放在一个人造的石炉内，最后通上了电。不一会，电热丝就像炭火那样热了。“终于找到了！终于找到了！”她兴奋地大叫起来。

教授茶道艺术的先生看了之后说：“这种方法既省事，又干净，更能吸引年轻先生和小姐们来学习茶道了。”就这样，她的简单发明便在全国迅速地流行起来。订货单源源不断地飞来，商店的规模也不断地扩大。日本政府为了奖励她在推进社会进步方面所做的贡献，还特意授予她黄绶奖章。

成长在线

电炉的原理

电碳炉就是利用电热效应供热的冶金炉。电炉设备通常是成套的，包括电炉炉体，电力设备，开闭器，附属辅助电器，真空设备，检测控制仪表，自动调节系统，炉用机械设备。

同燃料炉比较，电炉的优点有：炉内条件容易控制，甚至可抽成真空；物料加热快，加热温度高，温度容易控制；生产过程较易实现机械化和自动化；劳动卫生条件好；热效率高；产品质量好等。

19 世纪末出现了工业规模的电炉，20 世纪 50 年代以来，由于对高级冶金产品需求的增长和电费随电力工业的发展而下降，电炉在冶金炉设备中的比率逐年上升。电炉可分为电阻炉、感应炉、电弧炉、等离子炉、电子束炉等。

神奇的小鱼

1775 年，北美独立战争爆发了。在华盛顿总司令的领导下，美国人民纷纷拿起武器，和英军展开了殊死的战斗，将英军从大陆撵到海上。举国上下无不欢庆这一决定性的胜利。英国殖民统治者尽管失去了陆上优势，但海上优势犹存，他们纠集大批战舰，轮番轰击美国海防陆军，使美军伤亡惨重，锐气大减。英军见美军既无招架之势，又无还手之力，就越发猖狂了。战舰在海岸边横冲直闯，耀武扬威。面对英军的挑衅和欺负，美国士兵们气得直咬牙："这简直是骑到人脖子上拉屎！要是能偷偷过去炸沉它几艘那该多解恨！"

士兵中有个叫达韦·布什内尔的，他没有骂骂咧咧，而是憋着一肚子气，一言不发。他一直在冥想苦思，怎么才能一下子跑到敌舰周围去呢？从空中？不行，易暴露目标；从水下？也不行，谁能憋这么久的气游过去，再说力气不够啊！怎么办才好呢？"他急得抓耳挠腮。

一天傍晚，他与几个士兵一起到海边散步。他们爬到礁石上，一边聊天，一边欣赏落日余晖下的海景。他们见一群活泼的小鱼自由自在地在水中游着，突然，水下有一条大鱼悄悄潜游过来，游到小鱼的下方后，猛地朝上一

跃，咬住了一条小鱼，别的小鱼吓得惊魂不定，各奔东西。士兵们见了海底世界的这场“海战”，都觉得十分有趣。这却使布什内尔大受启发：能不能造个像大鱼那样的船，潜在水中神不知鬼不觉地钻到英国战舰底下去放水雷，炸它个人飞舰沉呢？他越想越入迷，直到同伴们喊他走时，他才回过神来。

“我有办法了，我有办法了！”布什内尔的话让同伴们莫名其妙。在同伴们的追问下，他说出了自己的想法，他们大都非常赞成。可是有人提出质疑说：“鱼在水中能自由地上浮下沉，可船就不同了，浮在水上好办，沉人水中能行吗？”布什内尔被问得哑口无言。是啊，怎样才能使船既能浮上来又能沉下去呢？鱼为什么能这样呢？他一拍大腿：“有了！鱼一会儿浮到水面，一会儿潜到水底，靠的就是它肚里那个‘鳔’，如果我们也给船仿造一个‘鳔’，问题不就解决了吗？”布什内尔带领同伴们真的制成了一艘可在水下潜行的船。本来是想仿照鱼的外形制造，但造成之后却像乌龟，因此，同伴们就为它取了个代号——海龟。

一天夜晚，布什内尔带着几个士兵，驾着“海龟”悄悄地驶近英国战舰，然后潜入水中，一直潜到英国战舰底下。他们想用“海龟”顶部的钻杆钻穿敌舰，然后放水雷。没想到英舰底部包了很厚的一层金属，钻了一个多小时也钻不穿。士兵们在下面憋不住了，只好上来换气。英军发现了“海龟”，便开动战舰追将过来。“海龟”吓得后退，但速度怎么也快不起来，眼看就要被敌舰撞得粉身碎骨。

就在这万分危急的时刻，布什内尔急中生智，解下备用的水雷，点着引线后，慌忙钻进“海龟”，“海龟”潜入了水中。英舰正在寻找怪物的去向，突然舰旁一声巨响，战舰顿时起火，英军一边救火一边扭转舰头逃跑，惟恐怪物再悄悄追来。从此，英舰再也不敢肆无忌惮地在美国沿海耀武扬威了。

成长在线

潜艇

潜艇是一种能潜入水下活动和作战的舰艇，也称潜水艇，是海军的主要舰种之一。潜艇在战斗中的主要作用是：对陆上战略目标实施核袭击，摧毁敌方军事、政治、经济中心；消灭运输舰船、破坏敌方海上交通线；攻击大中型水面舰艇和潜艇；执行布雷、侦察、救援和遣送特种人员登陆等。

潜艇按作战使命可以分为攻击潜艇与战略导弹潜艇；按动力可以分为常规动力潜艇与核潜艇；按排水量分，常规动力潜艇有大型潜艇、中型潜艇、小型潜艇和袖珍潜艇，核动力潜艇一般在3000吨以上；按艇体结构分为双壳潜艇、个半壳潜艇和单壳潜艇。潜艇之所以能够发展到今天，是因为它能利用水层掩护进行隐蔽活动和对敌方实施突然袭击；有较大的自给力、续航力和作战半径，可远离基地，在较长时间和较大海洋区域以至深入敌方海区独立作战，有较强的突击威力；能在水下发射导弹、鱼雷和布设水雷，攻击海上和陆上目标。

熄灭怒火的绿宝石

公元1世纪，在古罗马角斗场的看台上，突然传来咆哮的声音："你们为什么把角斗场弄得那么远？这么远我怎么能看得清，你们难道都是白痴吗？是不是故意的啊？""打的动作都看不清楚，还在上面比划什么，把他们都拉下去砍了！"

这声音的主人是当时的罗马皇帝——尼禄，他暴虐成性，经常命令奴隶们在角斗场上角逐，以此取乐。这位皇帝是个天生的近视眼，每当看不清楚精彩的搏斗场面时，他就会大发雷霆。许多人都在他的狂怒之下轻易丢了性命。

尼禄身边的大臣们整天过着提心吊胆的日子，他们无时无刻不在担心自己也会像那些奴隶一样死无葬身之地。这些大臣们经常在一起商讨如何能让皇帝看得更清楚些。他们商量来，商量去，也没有个结果。后来，有个人出主意说："既然我们大家都想不出什么好办法，干脆就在全国广贴告示，如果谁能让皇帝清楚地看到角斗场上的角逐，就赏给他一大笔奖金，重赏之下必有勇夫嘛！"众人一听，既然没有别的办法也只好如此了。

很快，告示就发到了国家的各个角落。大臣们都忧心

忡忡地等待着奇迹的出现。终于，一个月后的一天，一位珠宝商找上门来。大臣们见到他都非常高兴，就像盼到救星一样，他们急着问："你有办法能让皇帝看清楚角逐吗?""能，没问题。"大臣们听到珠宝商这样回答，一颗提着的心终于回到它该在的位置了。珠宝商把一块绿宝石拿给大臣们看，他说只要把绿宝石放在眼前，就能看清楚远处的东西了。

大臣们将信将疑，但又没有其他的好办法，他们商量了半天后，决定铤而走险，冒险一试。他们战战兢兢地把绿宝石献给皇帝，然后在心里默默地祷告着，希望上帝保佑皇帝用绿宝石能看清楚角斗场上的表演。皇帝透过绿宝石真的看清楚了一切！"啊，真是太棒了，太精彩了！这是我看到过的最精彩的角逐。"听着皇帝兴奋的话语，看着他欣喜若狂的表情，大臣们终于松了一口气。为什么一块小小的绿宝石就能够让皇帝看得如此清楚呢？原来，那块绿宝石中间是凹进去的，就像凹透镜一样，可以说，它是近视眼镜的祖先。

成长在线

近视的成因

尼禄的近视眼是先天性的。近视眼的形成，遗传是其中的一个因素。据统计，父母之中有一位是近视眼的话，他们的孩子近视的可能性是父母都不是近视眼的孩子的2.6倍；父母双方都是近视眼的话，则为3.8倍。而中高度近视眼中，遗传倾向更明显。

不过，大多数近视眼的成因却是后天造成的，与眼球发育期用眼过度有关。近视在12——18岁是高速发展期，这个时期，青少年求知欲强烈，看书多，作业忙，又因长时间看电视、玩电脑、打游戏机等，户外活动明显减少，眼睛长期处于疲劳状态；更有些人忽视用眼卫生，阅读时不注意距离与姿势，不注意照明和时间，在这样状态下，睫状肌长期持续收缩，先形成调节痉挛，然后进一步发展成为近视眼。

童辉井底捞玉簪

有一天，童辉正和小朋友们在院子里玩得高兴，突然看见妈妈在井边急得直跳脚，而且还惊慌失措地叫道："哎呀，这可怎么办，我的簪子掉到井里了！"到底是怎么回事呢？原来她去打水时，一不小心，头上戴的粉红色玉簪就掉到了井里。这簪子对小童辉的妈妈来说可是弥足珍贵的，因为这是小童辉的姥姥去世的时候留给妈妈的唯一的纪念品，难怪妈妈快急死了。

童辉连忙跑到井边安慰妈妈说："妈妈，你别着急，我们会想办法把它捞上来的！"妈妈疑惑地问："这么深的井，你们用什么捞呀？"小童辉去找了根竹竿，在竹竿的一端绑上了一个小铁钩儿。妈妈接过来，就把竹竿慢慢地探到井里去。井好深呀，里面又很暗，那玉簪还小，无论怎么努力都看不清它的位置。妈妈使尽浑身解数捞了半天，结果还是一无所获。妈妈擦了一把汗，抬起头望着太阳说："要是太阳公公能帮帮忙，照到井里就能看见啦！"

童辉一听，灵机一动，对妈妈说："妈妈你不要着急，我们现在就请太阳公公帮帮忙。"说完他便转身回家拿了一面大镜子。童辉把镜子对准太阳，那镜子立即反射出一条十分强烈的阳光，可无论把怎么摆弄，阳光怎么也反射

不到井里去。妈妈看着小童辉满头大汗的样子，叹了口气说："看来太阳公公是不肯帮忙了。"童辉看看太阳，又望望井口和手中的镜子，歪着脑袋想了一会说："太阳公公肯来帮忙的。妈妈，您等着瞧。"他说完，又"腾腾腾"地跑回了家。

一会儿，童辉又抱来一面大镜子。妈妈看他又拿来了一面镜子，奇怪地问："你怎么又拿来一块镜子？一块镜子都没有把太阳光反射到井里，难道两块镜子就行了？"小童辉高兴地对妈妈说："妈妈，你不要泄气，你看我给你变魔术！"说完，他把镜子斜着竖在井台边，镜面斜着向上，立即反射出耀眼的阳光。这反射出的阳光正好照在童辉手中的那面向下的镜子上。就这样，阳光拐了两个弯，反射到井里去了。井中被照亮了，呀，看见了，看见了，清澈的井水能一眼望到底，那只粉红色的玉簪正安安静静地躺在那里。妈妈把竹竿又重新伸了下去，小铁钩儿一钩，就把那玉簪钩上来啦。

成长在线

光的折射

光从一种介质斜射入另一种介质时，传播方向发生偏折，这种现象叫做光的折射。光从空气斜射入水中或其他介质时，折射光线向法线方向偏折。

鱼儿在清澈的水里面游动，可以看得很清楚。然而，沿着你看见的方向去叉它，却叉不到。有经验的渔民都知道，只有瞄准鱼的下方才能把鱼叉到。从上面看水、玻璃等透明介质中的物体，会感到物体的位置比实际位置高一些。这都是由光的折射现象引起的。

由于光的折射，池水看起来比实际的浅。所以，当你站在岸边，看见清澈见底，深不过齐腰的水时，千万不要贸然下去，以免因为对水深估计不足，惊慌失措，发生危险。把一块厚玻璃放在钢笔的前面，笔杆看起来好像“错位”了，这种现象也是光的折射引起的。

搬空国库的麦子

古印度有一个国王，他拥有超人的权力和巨大的财富。他没日没夜享受着权力和财富带给他的快乐。但这些快乐慢慢地使他失去了生活的乐趣，他渐渐地对生活厌倦起来。他急切地渴望着新鲜的刺激。

有一天，皇宫里走来了一位老人，他带着自己的发明——国际象棋来朝见国王。国王见到这新奇的玩意儿顿时眉开眼笑，就向老人学了起来。国王很聪明，不一会就学会了下象棋的要领，于是两个人就真正地下起了象棋。国王一下上象棋，就舍不得放下，他竟然和老人一连下了三天三夜。

到了第四天早上，国王伸了伸懒腰，感到非常满足。他略带疲倦地对老人说："老人家，你给了我无穷的乐趣。为了奖赏你，我现在决定，你可以在我这儿得到你想要的任何东西。"的确，这位国王那么富有，难道还有什么要求不能满足吗？但是老人却回答说："万能的王啊，你虽然是世界上最富有的人，恐怕也满足不了我的要求。"国王不高兴了，他皱起了眉头，严厉地说："我拥有整个国家，难道连你这小小的要求都满足不了吗？你也太瞧不起

我了！说吧，你想要什么，哪怕你想要半个王国也行。”

老人见国王如此，就说出了自己的要求。他说：“请您下令在棋盘的第一格上放一粒小麦，在第二格上放两粒小麦，在第三格上放四粒，第四格上放八粒，就这样每次增加一倍，一直到第六十四格为止。”“可怜的老人，你的要求就这么一点点吗？”国王不禁大笑了起来。他立即命人去取一袋小麦来，按照老人的要求数给他。但是一袋小麦很就完了。国王觉得有点奇怪，就命人再去取一袋来。接着是第三袋、第四袋……直到小麦已经堆积如山，距离第六十四个格还远得很呐。只见国王的脸色由惊奇逐渐转为阴沉，最后竟勃然大怒。原来，他国库里的小麦已经搬光了，还到不了棋盘上的第五十格。国王认为老人是在戏弄他，就下令把老人杀了。

老人的话没有错，他的要求的确是满足不了的。根据计算，棋盘上六十四个格子小麦的总数将是一个十九位数，折算为重量，大约是两千多亿吨。而当时全世界小麦的年产量也不过是数亿吨而已。

成长在线

等比数列

在前面的故事中，每个棋盘格子里放的小麦的数量分别是1，2，4，8，16，32，64……，其实我们经常见到这样的数字，再比如，1，3，9，27，81……，还有1，2，3，4，5，6……。这几行数字都有一个共同特点，那就是他们都是按照一定的顺序排列的。像这样按一定次序排列的一列数字叫做数列。

而前面的两个数列还有一个共同点，那就是从第二项起，每一项与它的前一项的比等于一个常数，这样的数列就叫等比数列。在第一个数列中，后面一个数字都是前面一个数字的两倍；第二个数列中，后面一个数字都是前面一个数字的三倍，这两个数列都是等比数列。

巧测金字塔

在古埃及，一位威风凛凛的法老站在高大雄伟的金字塔前久久地注视着，他被金字塔的威严气势深深地震撼了。忽然，他指着最高的一座金字塔，问随行人员道："你们可知道那座金字塔有多高?"大家面面相觑，都无法回答。因为他们不是建造金字塔的工匠，这些事他们怎会知道。但法老不管这些，他怒气冲冲地说："金字塔建好了，却不知道它的高度，你们是干什么吃的? 还不赶紧命人前去测量。"

随从们连声地答应着下去找人测量了。可是找来找去，也没有找到合适的人选。究竟是怎么回事呢? 原来，因为金字塔的塔身巨大，人们不可能爬上塔顶去测量它的高度。而且塔身是斜坡，测量它的垂直高度也非常困难。这可不是谁都能做的事。

一连几天，王宫都笼罩在一种紧张而压抑的气氛中，大小官员都胆战心惊，生怕一不小心，自己的小命就没了。就在这时，古希腊著名的学者塔利斯来到了王宫，他说自己能够测出金字塔的高度。法老疑惑地问："你能测量金字塔的高度?""是的。"塔利斯肯定地说。"那你需要什么工具来测量呢?"塔利斯举起一根长 3 米的木棍，说：

“其他的任何东西都不用，只用它就可以了。如果陛下不相信，就请明天来观看我的测算。”

第二天，天空万里无云，法老带人早早地就来到金字塔旁。当太阳升到当空，塔利斯把那根 3 米长的木棍竖到地上，认真地量出木棍影子的长度，是 4 米。接着，他让人量出金字塔影子的长度，是 196 米。不一会，他告诉法老说：“回禀陛下，金字塔的高度是 147 米。”“哦，是真的吗？你真的算出来了？”法老吃惊地问。“那是当然，测量金字塔的高度很简单，我相信这个数字绝对正确。”塔利斯微笑着说。

“那你究竟是怎么算出来的？”塔利斯解释说：“因为太阳照射的角度一样，所以木棍和他的影子的夹角与金字塔和塔影的夹角相等。既然 3 米长的木棍，影子长 4 米。根据塔影长 196 米，利用公式：金字塔的高度＝金字塔的影长×木棍的长度÷木棍的影长，就能很容易地算出金字塔的高度是 147 米了。”法老听完不禁连声称赞。

成长在线

比和比例

在这个测量金字塔高度的故事中，将计算公式金字塔的高度＝金字塔的影长×木棍的长度÷木棍的影长变化成：木棍的长度/木棍的影长＝金字塔的高度/金字塔的影长。那么，木棍的长度/木棍的影长与金字塔的高度/金字塔的影长，这种两个同类量之间的倍数关系就叫做比。而木棍的长度/木棍的影长＝金字塔的高度/金字塔的影长，是两个比相等的式子，就叫做比例。

塔利斯正是利用了比和比例的关系计算出了金字塔的高度。在比例式的四个量中，只要知道了任意三个，那么就可以计算出第四个量。塔利斯知道了棍子的长度和棍子影子的长度以及金字塔影子的长度这三个量，那么就可以利用等比关系，推算出第四个量——金字塔的高度。

巧算灯泡容积

有一天，爱迪生像往常一样，埋头在实验室里工作。他把一个没旋上口的梨形玻璃灯泡递给助手，让他计算一下这只灯泡的容积。

这位年轻的助手名叫阿普顿，是不久前来到爱迪生的实验室工作的。他想：我是名牌大学数学系的毕业生，计算一个小小灯泡的容积大概不会有什么困难。于是，二话没说就接过了灯泡。可他开始计算时，却傻了眼：这灯泡算什么图形呢？球形？显然不对！圆柱形？更不是了！……阿普顿搔了搔后脑勺，拿出软尺在灯泡的里里外外、上上下下地量了起来，又是表面积，又是周长……他一边量，一边拿出笔来，把测得的数字记在本子上，然后，详细地画了图样，又列了一道道算式，这才伏在桌上计算起来……

半个小时过去了，阿普顿算得满头大汗，那些数据却越算越多，越算越复杂，这是怎么回事呢？真让人着急。“唉，没想到这个小灯泡还真不容易算出容积来呢！“阿普顿一边想，一边皱着眉头飞快地演算着。一个多小时过去了，爱迪生完成了手头的试验，走到阿普顿的身旁，关切地问：“怎么样，算出来了吗?”“还没呢，你瞧，只算出

了一半。”阿普顿一面擦着额头上的汗，一面递过草稿。

爱迪生接过草稿一看：嗬，还真厉害，几大张草稿上密密麻麻地写满了数字、符号和一道道算式。他忍不住笑了，拍拍阿普顿的肩膀，说：“你能不能想个更简单一点的方法来计算呢？”阿普顿红着脸说：“嗯，让我再试试吧。”他把原来的几张草稿推到一边，整理了一下思路，又埋头思考起来。他绞尽脑汁地想呀想呀，可满脑子的公式怎么也赶不跑。是呀，离开这些公式，可怎么计算出灯泡的容积呢？一向自负的阿普顿这回可真是一筹莫展了。

又过了一会儿，爱迪生默默地走过来，他笑眯眯地看了阿普顿一眼，自己拿起那只梨子形玻璃灯泡略一思索，便端过盛水的杯子，往灯泡里注满水，说：“你看，把这灯泡里的水倒进量杯里，再量出水的体积，不就是这个灯泡的容积了吗？“阿普顿恍然大悟。哎呀，这么简单的办法自己怎么就没想到呢？爱迪生用了不到一分钟就解决了的问题，自己却花了一两个小时还没有解答出来，他感到非常羞愧。

成长在线

替代法

爱迪生测量灯泡容积用的方法就是替代法。一些形状不规则的物体用公式来计算体积或容积，是很难办到的，而替代法就是一条捷径，具有无可比拟的优点。古希腊著名的科学家阿基米德很早就使用过类似的替代法，帮助国王测试金王冠是否掺入了其他金属。

通过这个例子，主要是要学习这种替代法的思维方式和思维习惯，并注意在实际中应用。这在科学中非常重要，很多重要的科学发明和发现就是通过这种方法实现的，也有很多实际问题就是通过这种方法得到解决的。

四面楚歌

秦王朝建立后，秦始皇为了享受，就命令修建豪华的皇宫和陵墓。结果宫廷的花销巨大，导致最后国库空虚，无奈只好加重对百姓的剥削。最后，百姓忍无可忍，不断地发动起义。结果，15 年后，秦朝便被推翻了。秦王朝灭亡后，有两支势力在争夺新的国家统治权，一支由项羽率领，一支是由刘邦率领。

项羽是来自楚地的一名将军，性格刚烈、高傲，英勇善战。刘邦在秦朝被消灭前是一名低级官僚，虽然狡诈，但是很会用人。在反对秦王朝的战争中，两人曾结为兄弟，互相声援。秦朝一灭亡，两个人为了各自的利益就反目成仇了。

最初项羽占绝对优势。他自封为“西楚霸王”，封刘邦为“汉王”。刘邦为了保存自己的力量，表面上承认项羽的统治地位，暗里地却招揽人才，发展军队。渐渐地，刘邦与项羽势均力敌了。项羽与刘邦的战争一连打了好几年。

有一次项羽把刘邦打得大败，并且俘虏了刘邦的父亲和妻子。项羽以刘邦的父亲作人质威胁刘邦，说如果不投降的话就把他的父亲杀了烧汤喝。不料刘邦竟然对项羽

说："我们在抗秦时是兄弟，我的父亲就是你的父亲，如果拿我们的父亲做汤喝，一定不要忘了分一杯给我。"项羽没有办法，只好把刘邦的父亲和妻子送了回去。

刘邦和项羽的生死决战发生在一个叫垓下的地方。在经过激烈的交战后，刘邦的军队把项羽和他的军队团团围困。两支军队就这样僵持了近一个月。项羽虽然已经处于劣势，但他还有十万军队，刘邦想一下就把他消灭谈何容易。于是，刘邦便和手下商量如何才能尽快消灭项羽。商量来商量去，他们终于想出了一个好办法。

一天夜里，被包围的项羽和他的士兵听见四周响起熟悉的歌声。仔细一听，原来是自己家乡楚地的民歌。歌声是从刘邦的军营里传来的。项羽和他的士兵非常吃惊，以为刘邦早已攻下他们的家乡，抓来了许多家乡的亲人当俘虏，而这熟悉的歌声也引起了士兵们的思乡之情。一时项羽军中军心大乱，士兵们纷纷趁夜色逃亡，十万人逃得只剩下几百人。

原来，这是刘邦使用的计谋。他组织自己军队的士兵唱那些感伤的楚地民歌，正是为了扰乱项羽军队的军心。

成长在线

音 乐

音乐具有非凡的感染力，能跨越时空与语言的隔阂，在不同的听众面前创造出同样奇异的效果。贝多芬创作的《英雄交响曲》不仅在当时震撼了人们的心灵，在200多年后的今天，依然动人心魄。

刘邦正是利用了音乐的感染力，使得楚军军心涣散，还未交战，就已经溃不成军，从而轻易战胜了楚军，夺得了最后的胜利。

乐音是构成音乐的基础，但并非全部。一个不会弹琴的人去敲击钢琴，他敲出来的全是乐音，但却杂乱无章，一点也不动听。当音乐家经过艺术构思把这些乐音组织起来，就变得和谐、动听、有节奏，音乐便出现了。如果说乐音是构成音乐的砖石，那么节奏和旋律就是音乐的造型和结构。

变色的紫罗兰

有一天，波义耳的园丁把一篮美丽的紫罗兰送到他的书房里。他悠闲地欣赏着紫罗兰的艳丽，尽情地品味着它的芳香。突然之间，他从这种陶醉中猛地惊醒，他忽然想起了实验室里正在进行的实验。想到这，他随手摘了一束紫罗兰花就向实验室走去。他一边走一边想着，现在实验室里可能正在蒸馏矾类（重金属的硫酸盐）制取矾油（浓硫酸），不知道进行得怎样了？

他轻轻地推开了实验的门，就像怕惊动什么似的。只见缕缕的浓烟不断地从蒸馏器流到玻璃接受器里。他象往常一样照例要检查实验人员的工作，这时候他顺手把紫罗兰放在桌子上，然后去倾倒硫酸。一下子，刺激性的硫酸蒸汽便从瓶口冒出来，很快就弥漫了整个房间。蒸馏结束后，波义耳拿起紫罗兰准备回到书房。这时他发现紫罗兰也在微微冒烟，他不禁感到奇怪，后来一想肯定是硫酸沫溅到上面去了。

他想应该把这些酸沫洗掉，否则紫罗兰会遭到腐蚀，于是他小心翼翼地把花放在水盆里浸泡，自己则坐在窗前看起了书。很快他就被书中的内容吸引了，一页一页目不转睛地看着，深深地陶醉其中。这时的他早已经把紫罗兰

的事忘得一干二净了。很长时间过去了，波义耳感到脖子有些疲倦了，便拿着书做起了头部运动。就在他转动脖子的一瞬间，猛然看到了盆中的紫罗兰。他突然想起了泡在盆中的紫罗兰，连忙走了过去。“啊，天啊，这是怎么回事?”原来，现在的紫罗兰就像被施了魔法一样竟然由紫色变成了红色。

“真是太奇怪了，究竟是什么原因让紫罗兰变成红色的呢？我一定要找到答案。”想到这，波义耳把书本随手扔到书桌上，急匆匆地拿起花篮回到了实验室。他要求实验员准备几个杯子，在每个杯子中装一种酸并注入一些水，然后他把紫罗兰分成若干小束分别放入各种酸的溶液中。他静静地观察着。时间一分一分地过去，他发现这些花朵的紫蓝色慢慢地变成浅红色，又过了一会儿突然全部变成红色了。

波义耳由此得出是酸使紫罗兰变成红色的结论。他利用这一规律，经过一次又一次的反复的实验，终于制成了石蕊试纸。

成长在线

与酸和碱的亲密接触

我们经常吃水果，那些苹果、橘子、葡萄等水果都带有一点酸味，这是因为这些水果中都含有一种物质——酸。

用洗发水洗头、用洗衣粉洗衣服、用香皂洗手的时候，我们会感到很滑腻，它们能让我们的头发、衣服、手变得很干净。这些东西中都含有另外一种物质——碱。

我们每天都在使用含有酸和碱的物质，甚至连我们的生命活动也离不开酸和碱的化学反应。不过，虽然我们每天都在用酸或碱的东西，可是酸或碱浓度过大也会对我们的身体造成很大的损害，因为浓酸和浓碱都具有强烈的腐蚀性，所以在生活中一定要注意安全啊！

叮当作响的盘子

1623 年 6 月 19 日，帕斯卡出生在法国奥维涅省的克莱蒙费朗。他在兄弟姊妹中排行老三，也是家中唯一的男孩。帕斯卡三岁时，他的母亲因病不幸去世。他的父亲艾基纳是当地法庭的庭长，博学多才。在帕斯卡八岁的时候，因为父亲的工作调动，他们全家迁到了巴黎。帕斯卡因为母亲的去世并没有受过什么正规的学校教育，只是由受过高等教育、担任政府官员的父亲和两个姐姐负责对他进行教育和培养。

小帕斯卡虽然过早地失去了母爱，但他并没有沉浸在痛苦当中，而是在父亲和姐姐们的照顾下悠闲地生活、学习。在学习当中小帕斯卡感到了无尽的乐趣。当然他也同别的孩子一样活蹦乱跳、爱游戏，但与众不同的是，他玩的时候爱动脑筋，总是寻根问底地问“为什么”。

据说 7 岁那年，他和姐姐在家。当只有姐姐和小帕斯卡在家的时候，他们都要学习几个小时，这次也不例外。姐姐教了小帕斯卡一些字母，他很快就学会了。姐姐看到他那么聪明伶俐，就高兴地对他说：“你今天学的这些字母如果换做别的小孩来学，也许要学上几天，看你这么聪明，我们今天就学这么多，你去玩吧！”听到姐姐这样说，

小帕斯卡高兴极了，高兴地在屋里蹦来蹦去。

他看着姐姐做家务去了，就倒腾出家里的盘子、碟子来玩，碰得叮当作响。在厨房做家务的姐姐听到叮当作响的声音，连忙问："小帕斯卡，你在做什么，不要捣蛋啊！""姐姐，我没有，我在敲盘子玩呢！不过我很纳闷，为什么盘子一碰就能发出声响呢？""这有什么奇怪的？硬的东西一敲，都能发出声响。"姐姐一边忙着，一边不以为然地回答。

但帕斯卡并不满意姐姐的回答，他想自己找出答案。他一次又一次重复这样一个动作：敲一下盘子，立即用手按住盘子的边缘，手就能感觉到这种振动，振动一停止，声音也就没有了。他拍着小手兴奋地告诉姐姐"：姐姐，姐姐，我知道了，这盘子发声跟经过敲打产生的振动有关。"后来，帕斯卡正是从玩盘子得到的启发，总结出了声音起源于物体振动的科学道理。他提出帕斯卡三角形，并总结出著名的二项式定理，也是起源于玩数字的游戏。

成长在线

声音来自振动

曾经敲过锣的人，都有这样的经验：敲一下锣，然后迅速用手按在锣面上，就会感到锣面在振动，再使劲按住锣面，使锣面不再振动，这时那响亮的锣声就会消失。

其实发声的秘密就在于振动，所有的声音都来自振动：河水哗哗的响声，来自液体的振动；婉转的鸟鸣声，来自鸟的气管与支气管交界处的鸣膜的振动；笛子靠空气柱的振动而发声；田间蝈蝈的叫声，靠的是蝈蝈左右翅膀颤动时摩擦发出的振动……

振动发声的物体叫做声源。声源不断地振动，发出的声波传到人的耳朵里，人就听到了声音。

干将莫邪

干将是楚国最有名的铁匠，他打造的剑无与伦比。楚王知道了，就命令干将为他铸剑。干将花了三年工夫，终于铸炼出一对他最为满意的宝剑。他明白楚王的脾气，要是他得到了世上罕见的宝剑，一定会把铸剑的人杀掉，免得将来再铸出更好的剑来。

这时，干将的妻子莫邪快生孩子了，这使干将更加郁闷。交剑的日子到了，干将对莫邪说："我这一去肯定回不来了。我留下一把剑，埋在南山上的大松树底下。等孩子长大了，让他替我报仇。"说完，干将就带着宝剑去见楚王，楚王一得到宝剑，二话不说，立刻命令士兵杀死了干将。"哈哈，天下没有比我的剑更好的宝剑了！"楚王得意极了。

干将死后不久，莫邪生了一个男孩，取名赤鼻。莫邪牢记丈夫的遗言，含辛茹苦地把孩子带大。十多年以后，赤鼻长成了一个小伙子，莫邪把他爸爸的不幸全部告诉了他。赤鼻流下了热泪："啊，可怜的爸爸！妈妈，我一定要杀死楚王，为爸爸报仇！"他跑到南山上，把埋在大松树下的宝剑挖了出来，日日夜夜练剑。

就在赤鼻加紧练剑的时候，楚王接连几天做了同一个

梦，他梦见有一个愤怒的少年提着宝剑朝他冲过来，说要为干将报仇。楚王吓得直冒冷汗，他忙派大臣们去打听，才知道干将果然有个儿子，正准备进城刺杀他。楚王害怕极了，一边派人去抓赤鼻，一边命令士兵守紧城门，防止赤鼻混进城来。

赤鼻只好带着宝剑逃进了大山。赤鼻见没有报得杀父之仇，伤心极了。一天，他在树林里遇见一位壮士。壮士非常同情赤鼻的遭遇，决定帮他一起报仇："我能为你报仇，不过，你得把你的头和你的宝剑借给我，我带着你的头去请赏，趁机杀死楚王。"赤鼻一听这话，立刻跪下给壮士磕头："只要你能为我父子报仇雪恨，我什么都愿意给你。"赤鼻说完，提起宝剑把头割了下来。壮士拾起了头和剑，伤心地说："放心吧，我一定要杀死楚王。"

壮士来到王宫拜见楚王。楚王见这头和剑跟梦中见到的一模一样，高兴极了，要赏壮士。壮士说："大王，要是你把赤鼻的头放在锅里煮烂，他的鬼魂就不会来伤害你了。"楚王赶紧叫人架起大锅，用大火煮头。谁知煮了三天三夜，赤鼻的头还是没有烂掉。壮士对楚王说："大王，要是您亲自去看一看，赤鼻的头就能煮烂了。”

楚王也觉得奇怪，便亲自走到大锅边，伸长脑袋朝里看。壮士趁机拔出那把宝剑，用力一挥，把楚王的头砍落在大锅里。卫兵们大吃一惊，过来抓他。壮士手起剑落，又把自己的头砍落锅里。人死剑在，干将造的一对宝剑留了下来。人们把其中一把叫做干将，另一把叫做莫邪。

成长在线

古代的冶炼技术

我国在很早的时候，就已经拥有了非常发达的冶炼和熔造技术。那时候铁制工具并不普遍，但是铜的冶炼和铸造技术相当发达。比如，商代著名的司母戊鼎和四羊方尊的工艺已经达到了很高的水平。

干将莫邪将一些其他物质放进熔炉中的原因不得而知，但是，我国古代的工匠已经学会借助微生物来冶炼钢铁了。中国是世界上第一个利用微生物冶金的国家。早在 2000 多年前，我国就有了关于使用微生物来冶金的记载。

执著的“打捞工”

19 世纪初，一艘满载着为日本皇室搜罗的珍贵瓷器的轮船在日本海沉没了。时间过去了 100 多年，虽然人们清楚地知道沉船的地点，但是连最好的潜水员也无法潜到这么深的地方，更别提要打捞宝贝了。人们为打捞这些珍贵的瓷器想尽了各种办法，并把这些方法一一实验，结果都让人灰心丧气。

后来有几位渔民产生了一个绝妙的想法：我们可以请章鱼来帮忙，于是他们就来到海边，利用几天的时间捕捉了一些章鱼。然后他们将这些章鱼都拴上长绳子，再放到装载瓷器的沉船处。这些章鱼沉到海底，一发现各种各样的陶瓷器皿就纷纷钻了进去。渔民觉得是时候了，便小心翼翼地将绳子提起，极为顽固的章鱼一点也没觉察出来。于是，这些执著的“打捞工”，就这样一件一件地将沉船里的贵重瓷器打捞了上来。

章鱼似乎对各种器皿嗜好成性，它渴望藏身于空心的器皿之中。一次，人们在英吉利海峡打捞出一个容积为 9 升的大瓶子，发现里面藏着一条章鱼。这只瓶子的瓶口直径还不足 5 厘米，可是，身粗超过 30 厘米的章鱼，却能将伸缩如橡皮筋般的身子钻进瓶子。

又一次，人们在距法国马赛不远的海底，发现了一艘古希腊时期的沉船。货舱中，装满了双耳瓶和大型水罐，在这些瓶瓶罐罐中，几乎每只里都有一条章鱼。毫无疑问，这艘3层楼高的覆没的大船给章鱼提供了数千幢豪华住宅。2000多年来，章鱼祖祖辈辈都居住在这样的沉船里。

其实，章鱼不只爱钻瓶罐，凡是容器，它都爱钻进去栖身。失事飞机沉人海底后，汽油箱也给机灵的章鱼提供了栖身之处。有人从地中海捞出了一个人的头骨，是面也藏着一条章鱼。这条章鱼竟然看中了这阴森的住宅，而且十分留恋地不肯离去。

鉴于章鱼有钻器皿的嗜好，人们常常用瓦罐、瓶子一类渔具捕捉章鱼。日本渔民每天早晨将各种形状的陶器拴在长绳子上沉人海底。过上几个时辰，渔民们将陶器提上来时，里面就有或大或小的章鱼。这些章鱼还极为固执，不肯从舒适的房舍中钻出来。这时，只要往罐中撒一点盐，它就会从避身之处慢慢地爬出来。

成长在线

章鱼的特点和习性

章鱼有一个秃秃的大圆脑袋和八只软足。端坐在礁石上的章鱼，样子活像一个小和尚在念经。

章鱼的每只软足都有 300 多个吸盘，每个吸盘直径为 2.5 毫米，一个吸盘可以吸住重 48 克的物体。所以，章鱼力气很大。生活在水下的章鱼，如果没找到陶瓷瓦罐或贝壳海螺作居室，就会自己建造房屋。它们能拖动大石块，这些石块往往超过它们自身重量的 5 倍、10 倍，甚至 20 倍。

神奇的海豚

历史上流传着许许多多关于海豚救人的美好传说。早在公元前 5 世纪，古希腊历史学家希罗多德就曾记载过一件海豚救人的奇事。

有一次，音乐家阿里昂带着大量钱财乘船返回希腊的科林斯，在航海途中水手们想要谋财害命。阿里昂见势不妙，就祈求水手们允诺他演奏生平最后一曲，演奏完，他便纵身投入了大海的怀抱。正当他生命危急之际，一条海豚游了过来，驮着这位音乐家，一直把他送到伯罗奔尼撒半岛。这个故事虽然流传已久，但是许多人仍感到难以置信。

1949年，美国佛罗里达州一位律师的妻子在《自然史》杂志上披露了自己在海上被淹获救的奇特经历：她在一个海滨浴场游泳时，突然陷入了一个水下暗流中，一排排汹涌的海浪向她袭来。就在她即将昏迷的一刹那，一条海豚飞快地游来，用它那尖尖的喙部猛地推了她一下，接着又是几下，一直到她被推到浅水中为止。这位女子清醒过来后举目四望，想看看是谁救了自己。然而海滩上空无一人，只有一条海豚在离岸不过几米的水中嬉戏。近年来，类似的报道越来越多，这表明海豚救人绝不是人们臆造出来的。

海豚不但会把溺水者推到岸边，而且在遇上鲨鱼吃人时，它们也会见义勇为，挺身相救。1959年夏天，“里奥·阿泰罗”号客轮在加勒比海因爆炸失事，许多乘客都在汹涌的海水水中挣扎。不料祸不单行，大群鲨鱼突然在周围出现，眼看着众人就要葬身鱼腹了。在这千钧一发之际，成群的海豚犹如“天兵天将”一般突然出现，向贪婪的鲨鱼猛扑过去，赶走了那些海中的恶魔，使遇难的乘客转危为安。

海豚始终是一种救苦救难的动物。人类在水中发生危难时，往往会得到它的帮助。海豚也因此得到了一个“海上救生员”的美名，许多国家都颁布了保护海豚的法规。那么海豚为什么要救人呢？在人们对海豚没有充分认识之前，总以为它是神派来的保护人类的。随着科学的进步，对海豚的认识将会进一步加深，其神秘面纱最终会被揭开。

成长在线

海豚与声呐

海豚是海洋中的回声定位捕鱼高手。海豚的头部长着一个脂肪瘤，它能把声音聚集后定向发出来，使海豚能更准确地分辨目标。

海豚可以使用超声波频率互相交流，并确定鱼和水下障碍物的位置。海豚发出的响亮的“哒哒”声从物体上发射回来，产生回声，这些回声使海豚能分辨周围水域中的物体的大小和距离。这种功能对海豚至关重要，除了捕食外，还能帮它探寻鲨鱼等食肉动物。

人们根据海豚的回声定位原理和超声波的特性，制成了一种回声定位仪，就是声呐。声呐在第一次世界大战期间研制成功，现在已经成为战舰上的基本装备。它能准确地找到海底沉船，而且使用范围越来越广。

巧用沙子测体积

公元前305年时，埃及托密勒王朝兴起。国王托密勒一世大力扩建城市，网罗人才，很快这里就成为当时世界上最大的都市和科学中心。城市内建有一百尺宽的马路、豪华的广场、花园、喷水池、体育场，还特别建了一个亚里山大里亚博物馆，包括图书馆、动物园、植物园、研究院等。希腊和东方的许多著名科学家，像欧几里得等被这座城市深深吸引，都云集到这里。

这天落日的余晖刚刚消失在远处的海面，亚里山大里亚港外那座壮丽的灯塔便发出耀眼的光芒。随着这灯塔的点燃，整个城市也闪烁起万家灯火，街道上车辆如梭，港湾里船桅如林。到剧院里去看戏的，到体育场去看角斗的人们三五成群，街上一片喧闹。

这时在离城稍远一点的海滩上，有两个人平躺在沙滩上。一个是阿基米德,，另一个是他的朋友，地理学家埃拉托色尼。他们在博物馆里工作了一天，现在要在海边上吹吹海风。他们都抬头看天，谁也不说话，任思想自由地驰骋。突然，阿基米德一骨碌翻身爬起来，手里捏着一把沙子说："埃拉托色尼，你说这一把沙子有多少粒?""大概有几千、一万粒吧。""这一片海滩的沙子又有多少粒?"

“多得数不清！”

阿基米德跳起来，双手捧起一捧沙子向天空一扬，说：“假如我把沙子塞满宇宙，把地球、月亮、太阳和金、木、水、火、土等行星统统都埋起来，一共要多少粒？”“啊？”埃拉托色尼也一骨碌爬起来，惊得说不出话来，半天才回答道：“不可能，不可能！亲爱的阿基米德，你不是疯了吧，要知道你是永远也算不出来的！”“我就要证明给你看看。”“我不信。”“好，三天后我们再在这里见面。”阿基米德说完后，两人挥手而别。

埃拉托色尼的担心不是没有道理的。当时世界上还没有发明方便的阿拉伯数字。希腊人用他们的 27 个字母分成三组，分别代表个、十、百、千位数，到一万就是最大的了，再大就无法表示和计算了。

可是，阿基米德这个“怪人”，他能想出这个怪题目，也能找到好办法。他立即找来一粒球形的橄榄核，算出它的体积等于多少粒沙子，又依次推算地球的体积、宇宙的体积等于多少枚橄榄核。当数字超过一万时，他聪明地把作万作为一个新的起点，叫第二阶单位，这样就可以依次推到很大很大。过了些日子，他已经算出这个庞大的数字：塞满宇宙需要一千万个一千万的第八阶单位粒沙子。

当然，这个数字在今天看来是不可能成立的，因为宇宙是没有边缘的。阿基米德是根据当时人们认为的宇宙半径来算的。可是这样一算，他倒是找到了一种数学新概念："阶"。"阶"就相当于后来数学上的"幂"。

成长在线

幂

幂又称乘方。表示一个数自乘若干次的形式，如 a 自乘 n 次的幂为 a^n，或称 a^n 为 a 的 n 次幂。它是乘方运算的结果。n^m 指将 n 自乘 m 次。把 n^m 看作乘方的结果，叫做 n 的 m 次幂。

编程语言或电子邮件中，通常写成 n^m 或 n ＊＊m，亦可以用高德纳箭号表示法，写成 n↑m，读作"n 的 m 次方"。

当指数为 1 时，通常不写出来，因为那和底的数值一样；指数为 2、3 时，可以读作"n 的平方"、"n 的立方"。n^m 的意义亦可视为 nnn...：起始值（乘法的单位元）乘指数这么多次。这样定义了后，很易想到如何化指数为 0 和负数的情况：除了 0 之外所有数的零次方都是 1，即 n^0＝1；指数是负数时，等于 1/n^m。

巧测地球周长

在公元前3世纪的古希腊，有位受后人敬仰的数学家叫埃拉托斯芬。他才智高超，多才多艺。他不但在天文、地理、机械、历史和哲学等领域都有着精湛的造诣，而且还是一位不错的诗人和出色的运动员。

人们公认埃拉托斯芬是一个罕见的奇才，但他们又认为，他在任何一个领域里都不是最杰出的，总是排在第二位，于是就送给他一个外号叫“贝塔”，意思是第二号。能得到“贝塔”的外号也是很不容易的，因为古代最伟大的天才阿基米德，就与埃拉托斯芬生活在同一个时代！

他们两人是亲密的朋友，经常通信交流研究成果，切磋解题方法。大家知道，阿基米德曾解决了“沙粒问题”，算出填满宇宙空间至少需要多少粒沙，这个结果使人们瞠目结舌。大概是受阿基米德的影响吧，埃拉托斯芬也回答了一个令人望而生畏的难题：地球有多大？

怎样确定地球的大小呢？埃拉托斯芬想出了一个绝妙的主意：测算地球的周长。埃拉托斯芬生活在亚历山大城里，在这座城市正南方的785公里处，另有一座城市叫塞尼。塞尼城中有一个非常有趣的现象，每年夏至那天的中午12点，阳光都能直接照射城中一口枯井的底部，也就

是说，每逢夏至那天的正午，太阳就正好悬挂在塞尼城的天顶。

亚历山大城与塞尼城几乎处于同一子午线上。同一时刻，亚历山大城却没有这样的景象。一个夏至日的正午，埃拉托斯芬在城里竖起一根小木棍，测量天顶方向与太阳光线之间的夹角，测出这个夹角是 7.2 度，等于 360 度的 1/50。由于太阳离地球非常遥远，可以近似地把阳光看作是彼此平行的光线。于是，根据有关平行线的定理，埃拉托斯芬得出了∠1 等于∠2 的结论。

在几何学里，∠2 这样的角叫做圆心角。根据圆心角定理，圆心角的度数等于它所对的弧的度数。因为∠2＝∠1，它的度数也是 360 度的 1/50，所以，亚历山大城和塞尼城距离的那段圆弧的长度，应该等于圆周长度的 1/50。也就是说，亚历山大城与塞尼城的实际距离，正好等于地球周长的 1/50。于是，根据亚历山大城与塞尼城的实际距离，乘以 50，就算出了地球的周长。埃拉托斯芬的计算结果是：地球的周长为 39250 公里。这是人类历史上第一次进行这样的测量。

成长在线

地　球

地球是太阳系八大行星之一，按离太阳由近及远的次序为第三颗。它有一个天然卫星——月球，二者组成一个天体系统——地月系统。

地球自西向东自转，同时围绕太阳公转。地球自转与公转运动的结合产生了地球上的昼夜交替和四季变化。地球自转的速度是不均匀的。地球自转产生的惯性离心力使得球形的地球由两极向赤道逐渐膨胀，成为目前的略扁的旋转椭球体，极半径比赤道半径约短21千米。

地球是球形这个概念的出现，可上溯到公元前五、六世纪。当时，希腊的毕达哥拉斯学派的哲学家只是从球形最美的观念出发产生这一概念的。亚里士多德根据月食时月球上地影是一个圆，第一次科学地论证了地球是个球体。中国早在战国时期，哲学家惠施已提出地球是球形的看法。

仙人掌与夜蝴蝶

仙人掌，原本是一种观赏植物。在非洲，它是大自然的宠儿。浩瀚的沙漠，有它的营寨，荒芜的海岛，是它的乐园。在那春风不度的生物死亡地带，它把根顽强地扎入贫瘠的土壤，长出丰腴的体魄，用绿色的微笑报告着春天的讯息。在冬天灰色的北国世界里，人们如果能在室内种上一盆仙人掌，那绿盈盈的小生灵会给人带来愉快。

澳大利亚本来并没有仙人掌，人们是把它当作观赏植物引进来的。刚开始的时候人们还对仙人掌宠爱有加。但到后来，仙人掌凭借着顽强的生命力在昆士兰州和新南威尔士州大量繁殖，四处蔓延。它平均每年都能侵占 32 万公顷土地，到了最后，以致于竟有好几千万公顷肥沃的土地不能种植牧草和庄稼。

在如此广阔的土地上，各种各样的仙人掌几乎触目皆是。有的地方成了一片片仙人掌林，一棵仙人掌竟高达 10 多米，重上万斤！任呼啸的狂风把它的胳膊折断，倾盆的暴雨和惊雷把它的腰肢劈斩，它们仍在不断蔓延着，蔓延着，毫不停息。这一切激怒了澳大利亚农民。

在澳大利亚，仙人掌被称为“恶魔”，是人们深恶痛绝的植物。因此，尽管这个国家的人民喜爱花花草草，但

从未见到澳大利亚人在家里养殖仙人掌的。相反，被仙人掌占领土地的农牧民每年都要花很多功夫，把蔓延到自己农牧场附近的仙人掌连根刨起，晒干后架上枯木，燃起熊熊大火，送它们“上西天”。

为什么仙人掌在澳大利亚如此肆虐，而没有给南美洲造成这种灾难呢？显然，南美洲有降服仙人掌的天敌。澳大利亚年轻的昆虫学家阿连铎特经过实验终于发现了仙人掌的天敌是一种昆虫。也就是说，要控制仙人掌的生长，还必须要引进这种昆虫。但鉴于随便种植仙人掌给本国带来的危害，所以这次引进昆虫便格外慎重。经过反复的试验后，铎特终于找到了最合适的昆虫——夜蝴蝶。

夜蝴蝶只吃仙人掌，不吃澳洲的其它植物，尤其是农作物，同时它也不会威胁澳洲本土昆虫的生存。铎特带着他最新的发现夜蝴蝶连夜回到了澳洲。于是在夜蝴蝶和仙人掌之间展开了一场声势浩大的战争。随着夜蝴蝶数量的不断增多，仙人掌逐渐趋于下风，最后不得不结束了自己的命运。终于，澳大利亚的人民不会再为仙人掌而痛不欲生了。

成长在线

物种入侵的危害

在自然界的长期进化过程中，生物与生物之间相互制约、相互协调，将各自的种群以一定的数量限制在一定的地区，形成稳定的生态平衡系统。当一种生物被引入一个新的环境后，如果脱离了人类的控制，传播为野生，在适宜的气候、土壤、水分及传播条件下，极易大肆扩散蔓延，形成大面积单优种群落，破坏本地的动植物，危及本地濒危动植物的生存，导致生物多样性的丧失。

比如，在60年代的滇池草海曾有16种高等植物，但随着外来的水葫芦的大肆疯长，使大多数本地水生植物失去了生存空间而死亡，到90年代草海只剩下三种高等植物；在泸沽湖中，麦穗鱼等外来鱼种造成了本地裂鳆鱼的绝迹。外来害虫啃咬本地植物，会造成植物种类和数量下降，同时争夺本地植食性昆虫的食物和生存空间，会降低本地昆虫多样性，由此带来捕食性动物和寄生性动物种类和数量的变化，从而改变生态系统的结构和功能。

小龙虾的新衣服

在美丽的大海深处，有一只正长大的小龙虾。“妈妈妈妈，我什么时候能长大呀?”每当小龙虾看到成年龙虾一身盔甲、威风凛凛的样子，不禁异常羡慕。妈妈说：“你正在长大呀!”小龙虾问：“可是我怎么觉不出来呀?”妈妈笑着说：“等你觉得衣服小了，换过新衣服，就长大了。”

过了一段时间，小龙虾感觉身上的衣服小了。“妈妈妈妈，我觉得衣服小了，快给我换新衣服啊。”妈妈笑着说：“会有新衣服的。”可说归说，就是没看见妈妈给小龙虾准备什么新衣服。又过了一段时间，小龙虾去问妈妈，妈妈还是笑着说“快了快了”。可是他实在不愿意忍受身上紧巴巴的衣服，就费了九牛二虎之力，把身体从旧衣服里解脱了出来。哈，脱下来的旧衣服，就象一只真的龙虾一样站在那里呢。

小龙虾脱掉了旧衣服，身上软绵绵的。他赶紧去找妈妈。妈妈慈爱的说：“我的孩子长大啦，应该有一件象样的衣服啦。三天后就会有的。”小龙虾高兴极了，想象着新衣服的款式和颜色。三天过去了，还是没有看见妈妈为小龙虾准备新衣服。小龙虾着急了。“妈妈妈妈，您怎么

还不给我换新衣服?”“新衣服?”妈妈惊奇的问。“是呀，您答应过的啊。”小龙虾有点生气了。“哈哈，我的孩子，你看看自己的身上……”小龙虾低头看了看身上，红红的，再用大螯敲一敲，硬硬的。

“太棒了！谢谢您妈妈。可是您是什么时候给我换上的呀?”小龙虾惊喜的问。“你脱掉旧衣服的时候，里面已经生长出了新的衣服，等它变结实了，就是我们龙虾最好的衣服——它是我们的盔甲，能保护我们的身体，也能和侵犯我们的敌人战斗！孩子，你已经是一只真正威武的大龙虾啦!”妈妈又欣慰又骄傲的说。小龙虾穿着坚硬的盔甲，举起锋利的大螯，喀嚓喀嚓作响，威风极了。“我要去工作了!”小龙虾严肃的对妈妈说。“因为我已经成为一只真正的大龙虾了。”

成长在线

蜕皮

蜕皮是生物学术语，指的是蜕去表面皮层代之以新的皮层的过程。蜕皮过程受激素调节，发生于整个动物界。英语中 molt 一词还包括换角、换毛或换羽。蜕去外骨骼以使身体长大或改形也称蜕皮，这种现象见于节肢动物、线虫和缓步虫类。

昆虫表皮细胞分泌的外骨骼一经硬化后，便不能继续扩大，而使节肢动物体内组织器官的生长受到了限制。因此，节肢动物在生长发育过程中有蜕皮现象。蜕皮时生成一种酶，使外骨骼破裂，节肢动物幼体就可以从外骨骼中钻出来，并且由表皮细胞重新分泌新的外骨骼。当新的外骨骼未完全硬化之前，身体可以增大。所以，正在发育而迅速长大的节肢动物幼体，蜕皮次数比较多，发育到不再继续长大时，蜕皮也就停止了。

高斯巧解数学题

高斯是德国杰出的数学家、物理学家，近代数学的奠基人之一。他机智聪明，从上小学开始，就对数学产生了浓厚的兴趣。

有一天，数学老师白尔脱很不高兴。到底是怎么回事呢？原来他昨天给学生们留了一些作业题。也许因为题比较难，所以做对题的学生少之又少。他本来就很看不起这些农村孩子，认为他们蠢笨异常，现在这些没有做对的题更加印证了他的想法。

老师气呼呼地走进教室，板着脸大声地训斥了他们一顿，然后厉声说道："你们数学题都做成了这样，我再上课也没什么意思了，今天的课不上了。这节课的主要内容就是你们自己算题，谁先算完，谁就先回家吃饭。否则你就乖乖地在这算，谁让你们不好好学习数学呢？"说完，就在黑板上写下了这样一个题目：1＋2＋3＋4＋5＋6＋……＋100＝？

白尔脱说完，狠狠地瞪了他们一眼，坐在一旁看起小说来了。同学们听了老师的训斥都胆战心惊，他们小心翼翼地拿出练习本，低着头认真地算了起来。小高斯并没有像其他同学那样立即拿出练习本计算，而是使劲地盯着黑

板，好像黑板上有什么宝贝似的。他面容凝重地看了一会，然后飞快地拿出练习本演算起来。

谁知白尔脱刚看了一页，小高斯就举手报告老师说："老师，这道题我算完了。""算完了？开玩笑吧！"白尔脱没好气地挥挥手，"你算得这样快，准会算错，再算算看吧！""不会错的，我检查过了，还验算了一遍。"高斯理直气壮地说。白尔脱走到高斯座位前，拿起他的练习本一看，答案是"5050"，显然一点不错。"你是怎么算的？"白尔脱惊奇地问道。高斯一板一眼地回答说："我发现这个题目一头一尾的两个数依次相加，都是 101，总共 50 个 101，所以答案就是 50×101＝5050。""真妙啊！"白尔脱兴奋地拍了一下桌子，接着大声地对全体同学说："真没想到，你们当中竟会出现数学神童！"

从此，白尔脱完全改变了对农村孩子的看法。他尤其喜欢高斯灵活聪明的头脑、刻苦学习的态度，在学习中，他经常对高斯进行个别辅导。在白尔脱地精心培养下，高斯对数学的兴趣越来越浓，造诣越来越深，十七岁时，他就发现了数论中的二次互反律。

成长在线

数的崇拜

数学发展到今天，已经是一门最基础的学科，被很多人了解，但在最初阶段，却非常神秘，最典型的代表就是毕达哥拉斯学派。

毕达哥拉斯是古希腊著名的数学奇才，他证明了三角形的内角和等于180度，发现了奇数、偶数、三角数、四角数、完全数、友数，直到毕达哥拉斯数；发现了毕达哥拉斯定理，即勾股定理……

后来，毕达哥拉斯试着把数学扩大到哲学，提出“凡物皆数”，认为数的元素就是万物的元素，世界就是由数组成的，数本身就是世界的秩序。

毕达哥拉斯建立了一个青年兄弟会，入会者必须宣誓不把知识泄露给外人，他才肯传授给他们数学知识。毕达哥拉斯死后约50年间，他的门徒将这些理论加以研究发展，形成了强大的毕达哥拉斯学派。

共振的魔力

唐代开元年间，古都洛阳寺院的住持是刘和尚。他的禅房里挂着一个很大的铜磬。和尚们念经时，刘住持便击磬为乐。

一天晚上，刘住持正在独自打坐。忽然，那铜磬铿然而响，声韵清纯，绵绵不绝。刘主持猛然惊醒，以为哪个大胆的小和尚过来捣蛋。他睁开眼，四处查看，哪里有半个人影！只有那铜磬响声依旧。老和尚顿时吓得一身冷汗，取下墙上佩剑，里里外外急急搜索。可是半个时辰过后，还是一无所获，便又盘腿打坐。刚刚入境，那铜磬又响亮地唱起来。老和尚以为是有妖怪作祟，于是吓得一病不起。

曹绍夔是刘住持的至交，他得知好友病了，便前来探望。曹绍夔见老友躺在床上，面色苍白，双目紧闭，实在是病得不轻。曹绍夔坐在床沿握住了住持的双手，心里不禁一阵酸楚。刘住持微睁双眼，见是老友在前，喃喃说道："绍夔呀，想不到还能见你一面……"老和尚泣不成声，曹绍夔只好好言相劝。等刘住持的情绪稳定下来时，曹绍夔详细询问了生病的经过。最后，他安慰住持说："如此看来，肯定是妖怪作祟。小弟识得妖象，你好生养

病，我就住在这为你捉妖。”说完，便离开了。

其实，曹绍夔并非道家门徒，而是一个很有造诣的声学家。当他听完刘住主持介绍的情形之后，心中已猜着了八九分，只是未见其实，不便言明罢了。二更时分，那铜磬果然又响起来。曹绍夔跃身而起，来到磬前，仔细观察，并无异样。他随即走出室外。只见室外天气晴朗，附近寺院钟声鸣响。“原来如此！”他哈哈大笑，快步来到刘住持卧房，一进门便喊：“老兄快起，妖怪捉住了！”刘住持一阵高兴，一骨碌翻身下床，病也去了八九分。

曹绍夔高声叫道：“诸位请看贫道杀妖！”说罢走到那铜磬前边，从怀中取出锉刀，在铜磬上面，锉了几处。锉罢，又哈哈大笑，说道：“其实寺中并无妖怪。要说妖怪，就是老兄这只铜磬。大家有所不知，这只铜磬的音律恰好和附近寺院的大钟的音律一样。在一定的气象条件下，寺院的大钟敲响时，这只铜磬就会应声响起来。现在我锉了几刀，改变了它的音律，以后自然就不会不击自鸣了。哈哈哈！”

刘住持与众僧听了曹绍夔的解释，顿时疑惑全消，也齐声大笑起来。这时候老和尚的病也早已消失得无影无踪了。

成长在线

共振和共鸣

在自然界中，只要两个物体振动的频率相同，就能够产生共振。如果是发声物体，就会产生共鸣。利用这种现象能听到远处的或者较为微弱的声音。比如在一些影视剧中，我们经常看到两军交战时，前去探路的士兵伏在地上，耳朵贴在地面上，辨别敌人的动向。

18 世纪中期，法国有一座非常结实的木桥，当一队士兵踏着整齐的正步通过时，桥梁突然坍塌了，200 多人都掉进河里，无一人生还。经过调查，过桥士兵的重量比桥体能承受的重量小得多，为什么桥会突然坍塌呢？原来，是士兵步伐整齐，产生了共振，加剧了桥的振动，从而超过了桥的抗震能力，所以就断裂了。后来，当大队人马过桥时，就形成了一条惯例，不能齐步走，必须便步过桥。

现在，共振原理的运用越来越广，例如大夫的听诊器、音乐家使用的琴，在工业生产中焊接、去渣等，也都应用了共振原理。

林肯机智断案

美国总统林肯在入主白宫的前几年，曾攻读过法律，经过不懈的努力，他成了一位律师。虽然他跻身于上流社会，但因为出身贫苦，因此对平民非常同情，尤其是黑人。他经常帮助他们诉讼，有时甚至不收分文。

有一次，他朋友的儿子阿姆斯特朗被人诬告谋财害命。控告人收买的证人一口咬定说亲眼看到阿姆斯特朗行凶。林肯知道这件事后，主动为被告辩护。他以被告辩护律师的身份，查阅了法院的全部案卷。随后，他又来到现场进行实地勘查。经过考察，林肯掌握了一些重要事实。

法院开庭了，大厅里一片肃穆。这时林肯问证人说："你发誓你看见的是阿姆斯特朗?""是的，我确认。"证人福尔逊肯定地回答道"你在草堆后，阿姆斯特朗在大树下，相距二三十米，你能看清吗?""看得很清楚，因为那天月光很亮。""噢，那你肯定不是从衣着方面来辨认的吧?""你说的不错，我的确不是从他的衣着来辨认的，我看清了他的脸，因为月光正照在他脸上。""你能肯定时间在晚上 11 点吗?""完全肯定。因为我回到屋里还特意看了看时钟，那时正是 11 点 1 刻。"

福尔逊的答辩完全在林肯的预料中，案卷中都明确地

写着。林肯之所以这样做是要让证人把证词敲死，免得到时不认账。证人一讲完，林肯就转过身，开始了他的辩护："我不能不告诉大家，这个证人是个彻头彻尾的骗子。"

林肯说："证人发誓说他于11月18日晚11点钟在月光下看清了被告阿姆斯特朗的脸，但那天晚上是上弦月，11点钟月亮已经下山了，哪来的月光？退一步说，就算证人记不清时间，假定稍有提前，月亮还在西边，月光从西边照过来，被告如果脸朝大树，即向西，月光可以照到脸上，可是由于证人的位置在树的东面的草堆后，那他就根本看不到被告的脸；如果被告脸朝草堆，即向东，那么即使有月光，也只能照着他的后脑勺，证人怎么能看到月光照在被告脸上，而且能从二三十米的草堆处看清被告的脸呢？”

林肯连珠炮般的发言，驳得证人哑口无言，最后他只得承认是被人收买才做假证的。阿姆斯特朗最后被当庭释放。林肯经过这一成功地辩护，声名大振。

成长在线

月相

月相是天文学中对于地球上看到的月球被太阳照明部分的称呼。由于月球本身不发光，在太阳光照射下，向着太阳的半个球面是亮区，背着太阳的半球是暗区。每月农历初一，月球运行到太阳与地球之间，人们在地球上就看不到月球，这一天称为朔日。此后，亮区逐渐转向地球，可以在西方天空中看到一丝纤细银钩似的月球，弓背朝向夕阳，这一月相叫娥眉月，这时是农历初三、初四。到了农历初七、初八，半个亮区对着地球，人们可以看到半个月亮（凸面向西），这一月相叫上弦月。再到农历十五、十六、十七，月球的亮区全都对着地球，我们能看到一轮圆月，这一月相称为满月，也叫望。满月过后，亮区开始亏缺，到农历二十二、二十三，又能看到半个月亮（凸面向东），这一月相叫做下弦月，半夜时分才能从东方升起。再过四五天，月亮又变成一个峨眉形的月牙，弓背朝向着旭日，这一月相叫残月。当月球再次运行到日地之间时，月亮又成为朔月。

智捞铁牛

宋朝时候，有一回黄河发了一场罕见的大水，这大水不但冲断了河中府城外的一座浮桥，而且连黄河两岸用来拴浮桥的八只大铁牛也被大水冲走了，并且深深地陷在河底的淤泥里。

几天之后洪水退了，为了人们出行的方便就得重修浮桥。如果重新修桥就得要用那几个拴浮桥的大铁牛，可是笨重的铁牛早已经深深地陷在河底，有哪个大力士能把它们一只一只捞起来呢？人们一时都愁眉不展。有的说："那么重的大铁牛肯定没法捞起来，不如趁着还有点时间重新再铸几头好了。""真是开玩笑，铸铁牛哪像说话这样容易，如果这样简单的话，早就开始动手炼铸了，又何必在这愁眉苦脸？""对啊，对啊，就是能炼铸的话，八头铁牛全部完成也得需要一年半载的时间，这么长的时间难道我们就一个个都憋在家里，不用出来了吗？"……人们正在议论纷纷，吵嚷不停，这时一个和尚高声地说："各位不必在那争吵了，让我来试试。铁牛既然是被水冲走的，我还叫水把它们送回来。"人们听有人肯出来找铁牛了，都非常高兴。

再说这和尚先请熟悉水性的人潜到水底，摸清了八只

铁牛沉没的方向。然后让人准备了两只很大的木船，船舱里装满了泥沙，划到铁牛沉没的地方。船停稳了，他再叫人把两只船并排拴得紧紧的，用结实的木料搭个架子，跨在两只船上。又请熟悉水性的人带了很粗的绳子潜到水底，把绳子的一头牢牢地拴住铁牛，绳子的另一头绑在两只大船之间的架子上。准备工作做好后，和尚请水手们一起动手，把船上的泥沙都铲到黄河里去。人们都卖力地干着。随着船里的泥沙慢慢地减少，船身就慢慢地向上浮，拴住铁牛的绳子也越绷越紧。于是，船靠着水的浮力，把铁牛从淤泥里一点儿一点儿地向上拔。

等到船上的泥沙铲光了，铁牛也离开了河底。和尚却不急着把铁牛捞上船，而是让水手们使劲把船划到岸边，再让许多人一齐用力，把水里的铁牛拖上了岸。和尚就是用这样的办法，把八只笨重的铁牛，一只一只地拖了回来。你们知道这个和尚是谁吗？他就是当时出色的工程家，名叫怀丙。

成长在线

把浮力转换成拉力

这又是一个用水的浮力解决实际问题的故事，由此可见，水的浮力有很大的用处。但是这里面还有浮力的转化问题。

根据阿基米德定律，浸在液体中的物体，受到的浮力等于这个物体排开的液体的重量。这个故事是通过将水对沙子的浮力转化成对铁牛的拉力，从而将铁牛拉出水面的。当铁牛沉在水底时，铁牛在水中受到两个主要的力，一个是水对铁牛的浮力，一个就是铁牛的重力（重量），因为水对铁牛的浮力小于铁牛的重量，所以铁牛沉到了水中。

但是，只要拉力加上水对铁牛的浮力大于铁牛的重量，那么就可以将铁牛捞出水面。看来，我们不但要认识浮力，还要善于转化和利用浮力。

船工打捞石狮

传说我国古代沧州城外有一座庙宇，这座庙宇已经在这矗立了 100 多个年头，历经风霜雪雨，已经破败不堪了。有一天，天空阴云密布，很快就下起了大雨。大雨下了两天两夜，这座庙宇的山门终于不堪重负突然坍塌了，门前的一对石狮也顺势滚进了附近的一条河中。和尚们除了呆呆地看着坍塌的山门和滚落的石狮毫无办法。

一年之后，和尚们用辛辛苦苦化缘得来的钱重建山门。就在山门快要竣工的时候，他们突然想起还有一对石狮留在河里，于是就雇人坐船到河的下游去打捞。他们沿河仔仔细细地寻找了十余里，但是最后还是一无所获。他们不禁感到非常奇怪，百思不得其解。

这时候有一位老船工路过这里，他看到这帮人在船上发愣，就关心地问道：“你们怎么了，为什么不抓紧赶路，却在这里发呆?”船上的人听见有人询问，这才回过神来，伤心地说：“我们是来打捞石狮的，可到现在为止连它的影也没见到，我们回去可怎么交差呢?”“喔，原来是这样！那石狮是如何落入河里的?”船上的人看他问得这么仔细，估计是一个好心人，便把事情的经过原原本本地告诉了他。

老船工听后，手捋着胡须笑着说："你们找错方向了，应该到上游去寻找。"众人听后十分惊讶，半信半疑地看着老船工。老船工知道他们不信，就劝他们说："反正现在已经也找不到石狮了，何不按照我说的去找找，也许就能找到呢！你们在这里发呆也不是办法啊！"众人听他说的有理，就报着试试看的态度到上游去找。果然，很快在上游八里外的河底找到了那两个石狮子。众人都叹服老船工的指引，便探问其中的缘由。

老船工说："石狮很重，沉入河底后，河水一时难以冲动石狮，但是却把石狮下面的泥沙带走了。天长日久，石狮受水冲击的那一头逐渐形成了一个凹坑。坑越冲越大，越冲越深，当它的深度超过石狮的一半时，石狮便向上游方向滚进坑里。这样日复一日，年复一年，石狮就自然而然滚到河的上游去了。"众人听后都心悦诚服。

石狮找到后，这座寺庙的庙门也被修好了。于是，这两个威猛的石狮子又矗立在山门前。

成长在线

水的作用力与反作用力

我们一般都会认为，对于沉到河底的东西，要么就在原处，要么会在水流的作用下，被冲到下游地区。但这个故事却告诉我们，并不是所有的物体都是这样的。

石狮坚实沉重，一般情况下，河水是没有办法冲动它的。它本来是落在原来的地方，但水流冲到石狮身上，就被挡了回去；再冲过来，方向就改变了，冲走了石狮下面的一些松软的泥沙。日复一日，石狮底部迎着水流的一面，就会被冲出一个小坑。时间长了，小坑就会变成大坑。当坑大到一定程度，石狮便会倒在被冲出来的大坑里。然后，水流再冲出一个大坑，石狮再倒进大坑，反复多次，石狮就像翻跟头一样，逆着水流跑到上游去了。这是水的反作用力导致的。

如此报复

某城市晚间将首次上演一部被公众认为是将引起空前轰动、惊险绝伦的侦探剧。首场票在几星期以前就被抢购一空了。人们都站在剧场门前议论纷纷。听着这非同一般的议论，刚刚下火车到达此城的李先生，实在按捺不住急切的心情。他狠了狠心，花了近10倍的价钱在黑市买了一张包厢里的戏票，决心认真听好每一句台词，凝神屏气地仔细咀嚼其言外之意。当他神情激动地踏进剧院大门时，观众席里已是漆黑一片。一位包厢侍者殷勤地领着李甲来到他的包厢。此时，舞台上的幕布正缓缓上启。

"先生，这座位还不错吧？"他伸出手来等待着这位迟到观众的小费。可李甲此时目不斜视直盯舞台，丝毫没有理会他的这一举动。侍者决心不错过任何一个争得收入的机会，轻声问道："是否可以替您去存衣处存衣帽？""不用了，谢谢。"片刻之后，黑暗中又传来问话："来份节目单怎么样？上面还有剧照呢！""不，谢谢。""那么，来杯喝的怎么样？"演出已经开始，李甲不耐烦地摆了摆手。这个时候，观众们早就静下心来了，可他却因连续的问话根本无法平静。紧接着，侍者凑到近前，"散场后，您是否希望叫辆出租车？""不！""用不着叫车吗？""对！""那

么，现在是否来点巧克力？”“我什么也不需要，谢谢！”

又漏掉一句台词！身边包厢侍者的絮叨使他十分恼火。他想这回他该走了吧，谁知一回头，他不仅在后面站着，还又问了一句：“场间休息时，来杯香槟酒或是来几个面包卷什么的，好吗？”“不，不要，我什么都不要！见鬼，快滚远点！不要影响我看剧！”李甲实在忍不住发火了。

直到这时候，侍者才似乎意识到这位观众急于认真看剧的心情，恐怕是赚不到分文了。他深深地向李甲鞠了一躬，然后伸手指着舞台，凑近他的耳朵，压低了嗓音，深恶痛绝地说：“瞧那个园丁，他就是凶手！”之后，悄然退出包厢。李甲此时的情绪一落千丈。他终于领略到包厢侍者的报复，他花费高价寻求的乐趣一下子就化为乌有了。

成长在线

兴趣心理

故事说明了一些洞悉人们兴趣心理的问题。兴趣是人们力求认识某种事物和渴望探求真理的意识倾向。这种倾向与人们的情绪状态往往直接关联，于是便产生了旺盛的求知欲和强烈的好奇心。每个人都会对他感兴趣的事物给予优先的注意和关心，并表现得心驰神往。例如，对美术感兴趣的人，对各种油画、美展、摄影都会认真观赏、评点，对好的作品进行收藏、模仿；对钱币感兴趣的人，会想尽办法对古今中外的各种钱币进行收集、珍藏、研究。

这种求知欲和好奇心得到满足是一种精神上的幸福和快乐。相反，得不到它，就会在精神上陷于痛苦。因此说，破坏别人的兴趣，对人是一种精神的打击。兴趣和爱好是受社会性制约的，不同的环境、不同的阶级、不同的职业、不同的文化层次的人，兴趣和爱好都不一样。兴趣和爱好有时也受遗传的影响，父母的兴趣和爱好也会对孩子有直接的影响。

名师与高徒

古代的欧洲有一个叫欧提勒士的人，他曾经向著名的学者普罗塔哥拉斯学习法律。跟从普罗塔哥拉斯学习还有一个不成文的规矩，就是在没有学习之前，当事人双方就得订下合同：学生先付一半学费，另一半学费待毕业以后再付，不过有个条件，就是欧提勒士第一次出庭必须打赢官司。欧提勒士为了跟从老师学习精到的法律知识，想都没想，就签下了合约。在和老师学习的几年里他刻苦努力，可以说，老师的知识他已经学到了十之八九。几年后，欧提勒士毕业了，他依依惜别了老师，但他却迟迟不肯出庭打官司。

老师感到很不可思议，欧提勒士已经学成毕业，为什么还不出庭打官司呢？难道是想赖掉那一半学费？想到这，普罗塔哥拉斯就向法院提出诉讼，还提出一个二难推理：如果欧提勒士这次官司打赢了，那么按照当初合同的规定，他应该付我另一半学费；如果欧提勒士这场官司打输了，那么按照法庭的判决，他也应付我另一半学费。法官们一听就传来了欧提勒士。名师出高徒，普罗塔哥拉斯万万没想到亲自传授的诡辩术，竟被学生第一次出庭就用来反驳自己。

欧提勒士笑着对老师说："老师，我跟从你学习这么长时间，对您是佩服至极，我也不会因为那一半学费而不去出庭打官司，这其中有我的难处啊！既然老师您提出了二难推理，那么我也提出一个完全相反的二难推理：如果这场官司我打胜了，按照法庭的判决，我不应付普氏另一半学费；如果这场官司我输了，那么依照合同，我也不应付普氏另一半学费。所以，这场官司无论胜败，我都不应付普氏另一半学费。"

法官被他们二个人的说辞弄糊涂了，你看看我，我看看你，一时间也无法做出正确地判决。而这时的普罗塔哥拉斯看着青出于蓝而胜于蓝的学生，不禁眉开眼笑起来。虽然他没能得到另一半学费，却高兴异常。没了钱他怎么还高兴呢？原来他从这场官司中看到了欧提勒士的机智和聪明，看到了自己的学识得以传承，对于一个老师来说，还有什么比这更珍贵呢？他为有这样一个学生而感到深深的自豪。

二难推理

二难推理是由两个假言判断和一个有两个选言支的选言判断做前提构成的推理。其结论可以是直言判断，也可以是选言判断。因为这种推理有时反映左右为难的困境，所以才有这种称呼。辩论的一方提出一个表明有两种可能性的选言命题，再由这两种可能性引申出对方难于接受的结论，由此组成一个推理，故这类推理汉译为“二难推理”。二难推理的形式是有效的，它的结论是否难以接受则不是思维形式方面的问题。

二难推理的假的结论总是来源于假的前提。传统逻辑里常讨论反驳结论假的二难推理的各种方法。主要有：①指出那个推理的选言前提为假；②指出那个推理的某一假言前提为假；③提出一个相反的二难推理，即提出和原推理相反的两个假言前提，并由此导致不同结论。相反的二难推理同样可能包含有假前提，因而可能导致假结论，但这与推理的有效性无关。

生死之间

清朝大将军年羹尧是康熙手下的红人，他文韬武略，在战场上立下了赫赫战功。有一次，年羹尧费劲九牛二虎之力才攻陷了一座城池，生擒了三个守军将领。年羹尧见他们顽抗到底，便心生怒气，想好好地戏弄他们一番后再杀了他们。

年羹尧看着他们灰心丧气的表情很痛快，他笑呵呵地对离自己最近的一个守军首领问道："你猜猜本帅是要杀你呢，还是放了你？"那人磕头作揖恭维地说："您老人家一向以慈悲为怀，一定不会杀我的。"年羹尧冷笑道："什么慈悲不慈悲的，本帅一向以刀枪为本！你说我不会杀，我偏要把你宰了！"说完，就让士兵把他拖了下去，砍了脑袋。剩下的那两个将领见此都呆呆地看着年羹尧。

杀了第一个将领之后，年羹尧又问第二个将领道："你猜猜我是杀你呢还是不杀？"那人硬着头皮，壮着胆子说："我想大将军会杀我，因为我是你的仇敌，对于仇敌你怎么可能心慈手软呢？不过，即使现在我死了，再过20年又是一条好汉，死又有何惧？"年羹尧拍手道："好，既然你如此说，我就成全你，送你上西天。"说完，这第二个将领也被砍了脑袋。

就剩最后一个了，年羹尧手捋胡须笑着看了他许久，只见这人面不改色，毫无畏惧之意。年羹尧笑呵呵地说："你就不怕本官杀了你吗?""死又有何惧，如果大将军想杀我，那还不是张飞吃豆芽——小菜一碟！"" 噢，你倒很幽默，那你猜猜，我会杀了你，还是会放了你啊?"年羹尧说完，就舒服地靠在椅子上，等着他的回答。他对这个人充满了好奇，想听一听他的嘴里到底能说出什么样的话来。

那人不紧不慢地回答说："此事晚生无法妄断!"年羹尧疑惑地说："如果本帅杀了你呢?"那人说"：这当然是将军之威！""如果不杀——""那就不失将军之德！加威还是施德，两者必取其一，请将军自己定夺吧!"年羹尧想：这小子说话滴水不漏，杀了他，确实可以扬我大将军之威，可也就失了德。我的威风够用了，想到这便放了他。这个将领由此也就捡了一条命。

成长在线

悖论

在这个故事中，第三个守军头领以其聪明智慧巧妙地设置一个难以消除的悖论，使年羹尧陷入两难境地，一时犹豫不决，便放弃了杀人的念头。

悖论（paradox）来自希腊语“para＋dokein”，意思是“多想一想”。这个词的意义比较丰富，它包括一切与人的直觉和日常经验相矛盾的数学结论，那些结论会使我们惊异无比。悖论是自相矛盾的命题。即如果承认这个命题成立，就可推出它的否定命题成立；反之，如果承认这个命题的否定命题成立，又可推出这个命题成立。如果承认它是真的，经过一系列正确的推理，却又得出它是假的；如果承认它是假的，经过一系列正确的推理，却又得出它是真的。古今中外有不少著名的悖论，它们震撼了逻辑和数学的基础，激发了人们求知的欲望和精密的思考，吸引了古往今来许多思想家和爱好者的注意力。解决悖论难题需要创造性的思考，悖论的解决又往往可以给人带来全新的观念。

功不可没的烟灰

16 世纪中叶，意大利的沃尔塔发明了传统的化学反应电池。它是通过把银片和铜片浸入水中，向水中加金属盐，连接两个金属片的电线而产生电流。这种方法虽然在当时比较先进，但缺点却不少。金属盐对反应槽会起腐蚀作用，而且靠加金属盐形式的电流极不稳定。

到了 20 世纪 30 年代末，美国发明家伯特·亚当斯决心对这种电池革新改进。他产生了一个大胆的设想：只用水作介质，这样就会消除化学反应电池的弊病。他信心十足地用镁作阳极，用氯化铜作阴极，然后用水作介质，这样确实产生电流，但是电流太微弱了。小小的电流表上的指针总是作不出较大的摆动，这令亚当斯心情沮丧，他不禁陷入深深的思考当中。但是亚当斯是顽强的人，他不会被失败轻易地打倒。亚当斯烟瘾很大，无论做什么事都是手不离烟卷，烟灰不断地洒落地上，即便是在做实验时，也是如此。

一天，他又在进行氯化铜的提炼。他坐在家里的旧椅子里，目不转睛地注视着火炉上的坩锅，熔化的金属冒着火焰，照亮了阴暗的房间。坩锅中的混合物发出了一股呛人的怪味，这表明又一锅氯化铜就要炼好了。可是正在这

时，亚当斯手中长长的烟灰却落到坩锅里。“糟了，脏了！这可怎么办？”亚当斯心想。

他想既然已经成这样了，而且烟灰根本就没有办法拿得出来，所幸就试试吧！他无可奈何地做好了电极，并把它装到捡来的婴儿罐头盒中。当他把自己的土电池加上水，接上电流表之后，电流表的指针猛然跳了起来，盼望已久的大电流终于出现了。“我成功了！我成功了！啊，太棒了！”亚当斯高兴地跳了起来，并用力地摇醒正在午睡的妻子，以至妻子艾玛以为他被烫着了。

激动过后亚当斯进行了细致的分析，他认为一定是烟灰中含的碳产生了作用。于是他在合金中加入各种含碳物质进行试验，包括木炭、硬煤，甚至食用糖。每天夜里艾玛都周期性地被七八个在黑暗里闪烁的灯泡和慌忙起身的亚当斯吵醒。最后，这种水介质电池终于成功了，只要加水，它就能长期使用，输出电流稳定，具有广阔的使用前景。1940 年左右，亚当斯在美国申请并取得了专利。

成长在线

水介质电池

在第二次世界大战中，美国政府擅自利用亚当斯的发明，同很多公司签订合同，生产了至少100万只这种电池，并把它用于气象、侦察气球和飞行员的救生装置。当时，贫困的亚当斯对此事一无所知，没拿到1分专利使用费。当亚当斯于1953年知道这些后，怒不可遏。他于1960年向当时专门受理控告政府案件的克雷姆法院起诉，控告政府侵权。1966年最高法院宣布亚当斯胜诉。美国政府为亚当斯支付了250万美元赔偿费。

如今，亚当斯的发明随着气球奔向同温层，跟着考查队登上南极洲，伴随着潜艇沉浮在海洋中，为人类进步事业做出了贡献。

设谜招亲

从前，有一位美丽的少女鲍西娅，她与父亲相依为命。她的父亲是一位珠宝商人，家中很殷实。因为就这一个千金，父亲把她爱若珍宝，捧在手里怕摔着，含在嘴里怕化了。说来也奇怪，虽然父亲很溺爱鲍西亚，但她却聪明可爱、善解人意。鲍西亚渐渐地长大了，父亲却慢慢地变老了。父亲临去世之前，就把全部的家业都交给了她，并让她选一位如意的郎君同她一起生活。鲍西亚含泪埋葬了父亲，就贴出了招如意郎君的启示。启示上说：不管人长相如何，家里有无财产，只要答对她出的谜语就把自己嫁给他。这对青年小伙子来说无疑具有很大的诱惑力。

启示刚贴出去，就来了许多求婚者。只见这些求婚者一个个风流倜傥、气质不俗。鲍西娅神情庄严地对大家说：我这里有三只匣子，一只金的，一只银的，一只铅的。我的肖像就放在其中一只匣子里。你们看，每只匣子上都写着一句话：金匣子上写的是："肖像在这个匣中。"银匣子上写的是："肖像不在这个匣中。"铅匣子上写的是："肖像不在金匣中。""请注意，这三句话当中只有一句话是真话。如果哪一位能通过这三句话猜中我的肖像在哪个匣子里，那么他就将做我的丈夫。"

鲍西娅的话音一落，这些求婚者即刻陷入沉思之中。继而，有的低头沉思，有的抓耳挠腮，有的眉头紧锁，有的在房间不停地踱步……这时，一位逻辑学家站了起来，非常自信地说："尊敬的少女，我猜中了，你的肖像在银匣之中。"鲍西娅被逻辑学家的才华惊呆了，当即一锤定音，大声地宣布道："遵照先父的遗嘱，我现在就是这位逻辑学家的妻子了！"其他的那些青年一个个都垂头丧气、恋恋不舍地离开了。

逻辑学家之所以猜中，是形式逻辑中的排中律帮助了他。金匣上写的"肖像在这个匣中"，铅匣上写的"肖像不在金匣中"，这是一组互相矛盾的判断。排中律指出：两者之间必然是一个真的，一个假的，第三种情况是没有的。而鲍西娅又指出，三句话中只有一句真话。金匣、铅匣中已经有一句真话了，那么银匣上的话肯定是假话，而银匣上的话是："肖像不在这个匣中"，那么，肖像肯定就在其中。

成长在线

排中律

排中律是传统逻辑基本规律之一。通常被表述为A是B或不是B。传统逻辑首先把排中律当作事物的规律，意为任一事物在同一时间里具有某属性或不具有某属性，而没有其他可能。

排中律还被当作逻辑语义的规律，即任一语词或语句在同一上下文中应表达某一思想或不表达这一思想。排中律并不排除具体事物在其发展过程中有中间环节以及有多种状态和各种可能性。

在现代逻辑中，A∨A（读作：A或非A），是排中律在命题逻辑中的体现；x（F（x）∨F（x））（读作：对任何个体x而言，x有性质F或没有性质F）是排中律在谓词逻辑中的体现。由于构造逻辑不承认现实世界里存在着实无穷，只承认无穷是一个过程，因此，在该逻辑中，涉及无穷对象时排中律不成立；用反证法证明存在命题，也不是一种有效的证明方法。

舍里尔的“袋鼠起跑”

从前，短跑都是站着起跑的，从来没有蹲式起跑一说。因此，短跑的成绩很不理想。舍里尔是澳大利亚著名的短跑运动员。他获得过很多的奖励和殊荣，但就是这样一名运动员也深深地陷入了痛苦当中。究竟是什么原因呢？原来，在最近一段时间，舍里尔的短跑成绩一直停滞不前。舍里尔和教练都非常着急，他们想尽了一切办法，但短跑的成绩依然不尽如人意。

舍里尔和教练两个人都失望极了，他们暂时停止了训练，一起到一个原始森林游玩。原始森林里不但有高大的树木，而且有数不清的动物。他们呼吸着林间清新的空气，喝着林间天然的甘泉，觉得很是惬意。他们正在悠闲地四处张望，突然眼前出现了一只只大大小小的袋鼠。他们顿时被这些家伙吸引住了。他们看到袋鼠虽然拖了个大袋子，一副大腹便便的样子，可是它们每个小时能跑 70 多公里，而且跳一步就能达到 12 米。他们俩都被袋鼠的这种表现惊呆了。

二人游玩结束后，兴高采烈地回到了训练馆。舍里尔对袋鼠表现出极大的兴趣，他没事的时候就模仿袋鼠的动作，借此来排解胸中的郁闷。当他正玩得高兴的时候，突

然听到教练兴奋地对他喊："停！不要动！"教练的话把舍里尔吓了一跳，僵直的身子就定格到那里。教练急匆匆地跑到他身边，对他说："我们找到可以提高成绩的办法了！我们找到了！"舍里尔吃惊地看着他。

教练看他一脸迷惑地样子，就让他又重复了一下刚才的动作。舍里尔出于好奇又做了一次这个已经驾轻就熟的动作。他先向下屈身，把腹部贴近地面，然后一跃而起。舍里尔做完了动作，教练微笑地对他说："你从中发现了什么没有？"舍里尔琢磨了一会，猛地一拍脑袋，大声地说道："我知道了！我知道了！"从这以后舍里尔就模仿袋鼠，发明了蹲式起跑，并在 1896 年的奥运会上创造了优异成绩。

后来，许多运动员都效仿了这一方法。比如另一位运动员布克在起跑线上蹲下的地方挖了一个小小的浅坑，一只脚放进浅坑，起跑时脚一蹬，便箭一般冲射而出，取得了 100 米短跑不到 10 秒的好成绩。以后，许多运动员都采用了蹲式起跑，于是田径运动场上出现了助跑器这种产品。

成长在线

袋 鼠

袋鼠原产于澳大利亚大陆和巴布亚新几内亚的部分地区。袋鼠是食草动物，吃多种植物。它们有一对大而圆的耳朵，听觉极为敏锐，能听到极远处的声音。袋鼠大多在夜间活动，但也有些在清晨或傍晚活动。

所有袋鼠，不管体积多大，有一个共同点：长着长脚的后腿强键而有力。袋鼠以跳代跑，速度可达到每小时 50 千米，最高可跳到 4 米，最远可跳至 13 米，可以说是跳得最高最远的哺乳动物。大多数袋鼠在地面生活，从它们强健的后腿跳跃的方式很容易便能将其与其他动物区分开来。袋鼠在跳跃过程中用尾巴进行平衡，当它们缓慢走动时，尾巴则可作为第五条腿。

野猪给予的启迪

伊普雷曾经是比利时的羊毛交易中心，经济十分发达。镇上一座 500 年历史的克洛思大教堂，让伊普雷享誉世界。但是在 1914 年，这里却发生了第一次世界大战期间西线的最后一场大战役。当时，泥泞、鲜血与恐怖构成了伊普雷的全部，数以万计的人们处在水深火热之中。

激烈的战斗已经持续了几个月，这让交战双方都感到麻木和疲惫不堪，双方纷纷深挖战壕，加强掩体，设置带刺的铁丝网，构筑固定阵地。很快，从瑞士边界一直延伸到大海，六百多公里长的战线上，横亘着一条布满战壕、隧道、掩蔽所和铁丝网的坚固防御线。当时，一支法国部队驻守在该区域的北部，另一支英国部队守在南部。德军决定将主要火力集中在英军驻扎的南部防线。

德军求胜心切，一度派出未经严格训练的年轻志愿者投入战斗。在战场上，这些志愿军由于缺乏经验，在机枪和自动步枪交织的火力下，成片倒下，死伤惨重，这些年轻人的生命很快就消失在炮火硝烟中。德军见士兵的伤亡如此严重，便使用了 180 吨的液态氯气攻击对方阵地，这也是第一次世界大战中化学武器正式投入战争的首例。这种毒气终于取得了远非炮火所能比的巨大效果。它致使英

法联军中 15000 人中毒，5000 多人丧命。由于毒气的使用，也使大量的野生动物相继中毒死亡。但令人惊奇的是野猪居然安然无恙。

这一现象引起了英法联军的极大兴趣。为了寻找克制毒气的方法，他们派出最优秀的化学家深入实地考察研究。这些化学家们历经艰险，终于到达了野猪出没的地方。化学家们仔细地观察了野猪的行为，终于发现了一个秘密：野猪特别喜欢用嘴巴拱地，尤其是当它们嗅到强烈的刺激性气味时，常用拱地来躲避刺激。

后来，化学家们经过进一步分析一致认为：正是由于它们在拱地时，松软的土壤颗粒吸附和过滤了毒气，野猪才幸免于难。于是化学家们从中受到很大的启发，根据这一原理首先找到了既能吸附有毒物质，又能畅通空气的木炭，而后很快设计制造了世界上首批防毒面具。于是，世界上第一批防毒面具就这样诞生了。

成长在线

野猪为什么不怕毒气

我们有时会看到军人戴着的防毒面具，外观有点像猪鼻子，非常奇怪。但别看它样子奇怪，用处却很大呢！

经过研究发现，一旦猪闻到刺激性气味，就会拼命用嘴巴拱土。将土拱松后，猪把嘴巴和鼻子插进松软的泥土中。这样，含有毒气的空气经过土壤颗粒的过滤后，就变得安全了。所以，野猪能在毒气中安然无恙。

英国制造的第一批防毒面具，外形和猪鼻子一样，防毒的原理也是根据猪一闻到毒气就把嘴巴鼻子插进松软的泥土而来。这批防毒面具的猪鼻子里装着木炭粒，用来过滤毒气。此后，人们有经过多次改进，防毒面具采用的过滤材料更加先进，但防毒原理仍与猪鼻子一样，其猪鼻子的形状也一直保持了下来。

达尔文探索生物链

1843 年晚春的一天，从离英国伦敦 10 多公里的一个名叫唐恩的小镇上，走出了一个三十出头的英姿飒爽的青年人，他就是生物学家达尔文。

这天万里无云，微风轻拂，美丽的蝴蝶和蜜蜂在开满鲜花的田野里飞来飞去。达尔文边欣赏着满目的春色，边向一片开满了粉红色花朵的三叶草田里走去。他为什么单单去三叶草田？原来啊，他是去对田野里的谷种植物进行观察、分析和研究的。

达尔文首先观察了三叶草的花朵。他要看看这些花朵是怎样繁殖后代的，它们的媒人究竟是谁？达尔文仔仔细细地把三叶草看了一遭，他发现，有许多土蜂在三叶草上空不停地飞舞，有的土蜂甚至还停在了花朵上面，正把自己吸食花蜜的器官深深地插入花蕊的蜜腺之中吸食花蜜。他知道，这些土蜂就是帮助三叶草授粉和繁殖后代的媒人。达尔文一连观察了几天，他发现土蜂非常多。夏天转眼到了，达尔文通过观察发现：三叶草结的籽也特别多。三叶草丰收了。

到了第二年，达尔文又去进行细致地观察。他发现这一年在三叶草地里采蜜的土蜂很少；到了夏天收获的时

候，三叶草结的籽也大大减少；三叶草欠收了。这究竟是什么原因呢？显然是土蜂少了，减少了给三叶草传粉的机会的缘故。他又进一步思索：去年的土蜂那么多，为什么这一年的土蜂就少了呢？于是，达尔文又对土蜂进行追寻。功夫不负有心人，他在一些岩石洞和树洞里，找到了一个个的土蜂窝。同时，他又有了新的发现——许多土蜂窝中的蜜都被老鼠吃光了，而且窝也被老鼠破坏了。这样，达尔文又明白了，原来是老鼠的多少决定着土蜂繁殖的数量。老鼠多了，它破坏的土蜂窝多了，土蜂也就随之减少了。

后来，达尔文又经过观察发现，老鼠的多少是由猫的多少决定的。三叶草、土蜂、老鼠和猫这几种看来根本毫不相干的植物和动物之间，原来还存在着这样有趣而又复杂的关系。达尔文就这样根据生物之间的相互制约、相互依存的关系，经过进一步深入的观察和研究，终于写出了《物种起源》等伟大著作，成为19世纪世界杰出的科学家和生物进化论的奠基人。

成长在线

食物链

食物链是一种食物路径，它以生物种群为单位，联系着群落中的不同物种。食物链中的能量和营养素在不同生物间传递着，能量在食物链的传递表现为单向传导、逐级递减的特点。食物链很少包括六个以上的物种，因为传递的能量每经过一个阶段就会减少一些，所谓“一山不能有二虎”便是这个道理。

如果一种有毒物质被食物链的低级部分吸收，如被草吸收，虽然浓度很低，不影响草的生长，但兔子吃草后有毒物质很难排泄，当它经常吃草，有毒物质会逐渐在它体内积累，鹰吃大量的兔子，有毒物质会在鹰体内进一步积累。因此食物链有累积和放大的效应。生态系统中的生物虽然种类繁多，并且在生态系统中分别扮演着不同的角色，但是根据它们在能量和物质运动中所起的作用，可以归纳为生产者、消费者和分解者三类。

高尔基巧分蛋糕

前苏联大文豪高尔基小时候曾在一个食品店里干过活。因为高尔基在食品店里是最小的一个伙计，而且嗜书如命，对其他的不管不问，所以伙计们都笑他是个白痴。可高尔基却毫不在乎，依然我行我素，因为他有自己的理想和追求。

有一次，一个刁钻古怪的顾客送来一张奇怪的订货单，上面写着："订做 9 块蛋糕，但要装在 4 个盒子里，而且每个盒子里至少要装 3 块蛋糕。"大伙计看了订单，很为难地说"：先生，这……这哪行呀？这没法装啊！"顾客傲慢地说："贵店不是以讲信誉闻名远近吗？如果连这点小事都办不成，嘿嘿，我看今后还是把招牌砸掉拉倒！"说罢扬长而去。

大伙计不敢再说什么，马上把这件事向老板原原本本地作了汇报。老板也觉得很为难，只得含糊其辞地说："试试看吧，装装再说。"大伙计为此伤透了脑筋，接连碰坏了好几块蛋糕，也没法按照订单上的要求装好。"老板，让我试试吧。"这时，站在旁边的高尔基鼓起勇气说道。难道高尔基真的有把握装好蛋糕吗？大家都疑惑不解地看着他。虽然，高尔基已经拿起那张订货单从头到尾认真地

读了一遍，但是伙计们还是不相信他。“就你？天天就知道看书，不做错生意就不错了，还想逞能！”大伙计对高尔基嗤之以鼻道。

高尔基坚定地说：“这有什么难？我看比点钞票还方便，让我来装吧！保管顾客满意。”他说完就动手干了起来。他先将 9 块蛋糕分别装在 3 个盒子里，每盒 3 块，然后把这 3 个盒子一起装在一个大盒子里，用包装带扎紧。大伙计不服气地摇摇头说：“怎么能用不一样的盒子装呢？而且还有一个盒子没有装蛋糕，这样做符合顾客的要求吗？”高尔基反驳道：“怎么不符合要求，难道订单上限制盒子大小和不能套装吗？”大伙计无言以答。老板也不知是否符合要求，也惴惴不安地等待顾客来验收。

不久，顾客来到柜台边，以挑剔的眼光仔仔细细地检查了一遍，确实无懈可击，于是就快快地提着蛋糕走了。一向把顾客当作上帝的老板和大伙计，终于松了口气。从此，他们开始尊重起聪明的高尔基了。

成长在线

逆向思维

逆向思维也叫求异思维，它是对司空见惯的似乎已成定论的事物或观点反过来思考的一种思维方式。敢于“反其道而思之”，让思维向对立面的方向发展，从问题的相反面深入地进行探索，树立新思想，创立新形象。当大家都朝着一个固定的思维方向思考问题时，而你却独自朝相反的方向思索，这样的思维方式就叫逆向思维。例如“司马光砸缸。”有人落水，常规的思维模式是“救人离水”，而司马光面对紧急险情，运用了逆向思维，果断地用石头把缸砸破，“让水离人”，救了小伙伴性命。

与常规思维不同，逆向思维是反过来思考问题，是用绝大多数人没有想到的思维方式去思考问题。运用逆向思维去思考和处理问题，实际上就是以“出奇”去达到“制胜”。因此，逆向思维的结果常常会令人大吃一惊，喜出望外，别有所得。

日渐消瘦的石像

在埃及金字塔前有一尊狮身人面像，长 57 米，高 20 米。传说古埃及第四王朝法老克弗伦为了使他的形象永垂青史，下令为他雕一座象征威严、象征力量的石像。当时，有一位名匠把一块坚硬的岩石雕刻成一只石狮子，狮子的头是按克弗伦的面貌雕成的。雕成后把它放在金字塔前，人面向着太阳升起的地方，表示古埃及人是信奉太阳神的。以后，埃及人又陆续雕刻了许多大大小小的狮身人面石像。

1843 年，俄国的沙皇曾经从埃及虏掠了一部分狮身人面石像，把它们放在自己的皇宫里欣赏。后来，这些狮身人面石像便转到了前苏联的列宁格勒博物馆。有一天，一位老学者来到了列宁格勒博物馆，停留在一座狮身人面石像前。他仔细地观察了一番后，惊奇地说："想不到这狮身人面像竟然得了'消瘦症'啦。"旁边博物馆的管理员听了老学者的话，笑着问："您说它'消瘦'了，有什么根据吗?"老学者说："我曾经看过这狮身人面像的档案，清楚地写着它的身高、身长、腰围和颈粗。可现在看来，已变得瘦小多啦。"

管理员说："是啊，我们发现，在石像周围的地上，

常常出现一层层的粉末。冬天更严重，粉末中还夹带一些细小的沙粒呢。请问，这是什么原因呢？”老学者说：“把埃及和我们这里的气候相比较，就可以明白它‘消瘦’的原因。我们这里的空气比埃及潮湿。潮湿的空气里，含有很多水份，水联合氧气和硫酸气，一齐向石像进攻，把石头中的一些物质溶解了，也使另一些物质发生了化学反应，这样，石像的结构就变得越来越松了。”

老学者只轻轻抚摸了一下狮身人面石像，手指上就沾了一大块粉末。他指着石像继续说：“石像身上原有无数缝隙，而我们列宁格勒的冬天比埃及寒冷多了。在这么寒冷的天气里，石像的缝隙里的水就冻成了无数的水冰碴。水冻成冰，体积要增大十分之一，于是就拼命往外伸张自己的身体。这个伸张力是巨大的，它能使指头大的面积受到 5000 斤的力，把石像的裂缝撑大，于是就会有粉末掉落下来。”管理员高兴地说：“先生，看来石像的‘消瘦病’被你摸到病根了，那么再请您开个

‘药方’吧。”老学者说：“请你们把石像的全身涂满油脂，把所有的缝隙全部堵塞住，这样，空气和水份就无法再向它进攻了。”管理员向馆长汇报了老学者的话，就按照这个“药方”为石像“治病”。以后，那狮身人面石像果然再没有“消瘦”下去。

成长在线

风 化

风化是指使岩石发生破坏和改变的各种物理、化学和生物作用。一般可定义为在地表或接近地表的常温条件下，岩石在原地发生的崩解或蚀变。

风化过程十分复杂，通常是几种作用同时发生，造成岩石的崩解或分解。为方便起见，可把风化作用分为物理（或机械）风化、化学风化和生物风化。热胀冷缩是岩石，尤其是热带荒漠地区岩石崩解的一个原因。

许多不同类型的风化作用，包括粒状崩解、球形风化、剥离风化及层裂构造，都可用热胀冷缩的原理来解释。但是，目前大部分野外证据却显示出相反的结论。粒状崩解、球形风化、剥离风化和层裂构造都已在远远避开太阳热力影响的

地下深处发现。实验表明，仅仅依靠受热和冷却，风化的效果很小，进程缓慢，而当有水分存在时，则风化的效果几乎立即显现。

幽灵岛

西方人酷爱航海，而航海史上的怪事历来很多。这不，下面的故事就很让人费解。

1831 年 7 月 10 日，一艘意大利船在途经西西里岛附近时，船长突然发现在东经 1242′15″、北纬 371′30″的海面上海水突然沸腾起来，一股直径大约 200 米、高 20 多米的水柱顿时喷涌而出，水柱刹那间就变成了一团 500 多米高的烟柱，并在整个海面上迅速地扩散开来。船长和船员们从未见过如此景观，都被惊得目瞪口呆。

当这只船在 8 天以后返航时，发现一个冒烟的小岛竟然出现在眼前。许许多多红褐色的多孔浮石和大量的死鱼漂浮在四周的海水中，一座小岛在浓烟和沸水中诞生了。而且在随后 10 多天里小岛不断地伸展扩张，最后周长竟然扩展到 4.8 公里，高度也由原来的 4 米长到了 60 多米。

由于这个小岛诞生在突尼斯海峡里，这里航运繁忙，地理位置非常重要，因此马上引起了各国的注意，大量的科学家前往考察。但奇怪的事情发生了，正当人们忙于绘制海图、测量、命名并多方确定其民用、军事价值时，小岛却突然开始缩小。到 9 月 29 日，在小岛生成后一个多月，它已经缩小了 87.5%；又过了两个月，海面上已无

法再找到小岛的踪迹，该岛已经完全消失。

类似的事情也发生在大西洋北部。有一座盛产海豹的小岛，它是100多年前由英国探险家德克尔斯蒂发现的，它也因此被命名为德克尔斯蒂岛。大批的捕捞者来到了这个盛产海豹的岛上，并建立了修船厂和营地，但此岛却在1954年夏季突然消失了。大量的侦察机、军舰前来寻找都没有任何结果。

事隔8个月以后，一艘美国潜水艇在北大西洋巡逻时，突然发现一座岛屿出现在航道上，而航海图上却从来没有标示过这样一个岛屿。潜水艇艇长罗克托尔上校经常在这一带海域航行，发现此岛后大为震惊，罗克托尔上校通过潜望镜发现岛上有人居住，有炊烟，于是命令潜水艇靠岸登陆。经过询问岛上的居民才知道，这正是8个月前失踪的德克尔斯蒂岛。

类似的怪事还有很多，科学家们称这种行踪诡秘、忽隐忽现的岛屿为“幽灵岛”。它们不同于那种热带河流上常见的，由于涨水或暴风雨冲走部分河岸或沼泽地而形成的漂浮岛。那么，幽灵岛是怎样形成的呢？这种时隐时现的小岛究竟是从何而来，又因何而去的呢？这成为海洋科学家们的热门话题。

成长在线

幽灵岛的成因推测

法国科学家认为：由于撒哈拉沙漠之下有巨大的暗河流入大洋，巨量沙土在海底迅速堆积增高，直至升出海面，因此临时的沙岛便这样形成了。然而，暗河水会出现越堵越汹涌的情况，并会冲击沙岛，使之迅速被冲垮，并最终被水流推到大洋的远处。美国的海洋地质学家京利高罗尔教授认为“幽灵岛”出现的海域是地震频繁活动的地区，海底强烈的海啸和地震使它们葬身海底。另有学者认为，这不过是聚集在浅滩和暗礁的积冰，还有人推测这些“幽灵岛”是由古生的冰构成，后来最终被大海所“消灭”。多数地质学家则认为是海底火山喷发的作用形成此类小岛。

以上观点虽然各有各的道理，但都不能说明，为什么有些小岛会在同一地点突现、消失、再突现、再消失，而与其邻近的海域却没有异常现象发生。这个谜团，始终困惑着科学家。

斯芬克斯之谜

在雄伟壮观的金字塔旁边有一块巨大的岩石，在这块岩石上雕刻着一个匍匐的狮身人面石雕，据说它就是传说中的斯芬克斯。关于它还有一个猜谜故事呢。

据说，这个狮身人面的怪兽经常盘踞在一条通往开罗的必经之路上兴风作浪。只要碰到他，他都会让你猜一个谜语，如果猜不着，最后便会成为它的美餐。就这样过了好多年，为这个谜语而丧生的人不下数千人。有人会问，那条谜语就那么难吗？成百上千的人都猜不到它。那条谜语的确非常奇特，以至于这么多年都没有人能够猜着，所以人们都不敢再走这条路。如果非得要去开罗，他们都只好绕行千里之外，从另外一条路赶到开罗。有的嫌绕行路远，就干脆不去了。

有一天，一位年轻的公子听说了这件事，便决定去试一试。别人都劝他不要去，因为去了无异于送死。但他执意要去，目的是为民除害，他不能看着再有人为这个谜语死去，不能看着人们想去开罗而不能去。

这位年轻的公子整理好行装，跋山涉水来到了这条路上。斯芬达克斯一见有人来了，非常高兴。他心想：看来又来一个送死的，又有一顿好吃的了！想到这他不禁欣喜

若狂。他马上出了那条没有人猜得出的谜语："什么东西早上是四条腿，到了中午是两条腿，当太阳落山时又变为三条腿？"

"这个……"年轻人的确感到很难猜，他马上埋头苦想起来。"快点说，不要再浪费时间，你不知道我已经很久没有尝到人肉的滋味了吗？"说着他就张开血盆大口，恨不得一口就把年轻人吞下肚去。但他转念一想这一顿美味是跑不了的，索性看一看这小子究竟有什么办法，竟敢一人前来，难道他就不怕死吗？斯芬克斯刚想到这里，这个年轻的公子就回答道："是人。""什么？"他感到万分惊慌，但仍不死心，"那是为什么？"

"因为人刚生下来还不会走路，所以他用两只手和两条腿在地上爬着走，这不是四条腿吗？当人长大些学会了走路，不就用两条腿走路了吗？当人老年迈之时走路必须拄着拐杖，这不就是三条腿吗？"斯芬克斯被气得哑口无言，只得承认答对了，于是便放了这个公子。由于羞愧难当，他自尽了。从此这条路又恢复了往日的繁华。

成长在线

斯芬克斯之谜

斯芬克斯最初源于古埃及的神话，它被描述为长有翅膀的怪兽，是“仁慈”和“高贵”的象征。传说天后赫拉派斯芬克斯坐在忒拜城附近的悬崖上，拦住过往的路人，用缪斯所传授的谜语问他们，猜不中者就会被它吃掉，也就是上面故事中的谜语。传说俄狄浦斯猜中了正确答案，斯芬克斯羞愧万分，跳崖而死。而俄狄浦斯猜中的斯芬克斯之谜，其实就是人的生命之谜。

斯芬克司的人面象征着智慧和知识。斯芬克斯之谜常被用来比喻复杂、神秘、难于理解的问题。

窗户疑案

在一个大雪纷飞的夜晚，一家高级公寓的 608 号房间的一个单身女郎被人杀害，直到第二天早上，警察才发现了尸体。当警察走进房间时，发现公寓内的炉子燃烧了整整一夜，热得令人冒汗。电灯亮着，玻璃窗虽然关着，但窗帘只拉上了半边。经过推断，警察认为该女郎大约是在昨晚 11 点左右被人杀害的。

这桩凶杀案马上惊动了四周的邻居，邻居们对此议论纷纷。警察询问他们昨天晚上发现了什么异常没有，他们都说昨天晚上并没有发生什么特别的情况，和往常一样，也没有听到什么怪异的声音。警察听到邻居们这么说，一时不知如何是好。这时，住在死者窗户对面公寓里的一个青年向警察报告说："警察先生，昨天晚上 11 点左右，我看到死者房间里好像有个男人，有可能就是凶手。这人长着一头金发，戴着一副黑边眼镜，还留着大胡子。"

警察听了邻居的报告兴奋异常，他们以此为线索调查了死者的亲戚朋友。这一调查不要紧，果然找到了一个与这个青年的描述非常吻合的男子。警察们便以有人证为由想要将他逮捕。可这名涉嫌者却声称自己是无辜的，自己那天晚上并没有到任何地方去，而且还有证人。这下，警

察有些迷惑不解了。这名涉嫌者看自己难以洗脱罪名，就出巨金聘请梅逊律师为他辩护。

梅逊律师了解了整个案件的过程，已经胸有成竹。他在法庭上问目击者道："你敢肯定地说，那天晚上，你是透过窗户看到了凶手吗？""那是当然，谁都知道，玻璃是透明的，而且窗帘又没有全都拉上，所以我十分清楚地看到了凶手的面孔，一点都不错。"目击者十分肯定地说。法官们一时也不知道梅逊律师的葫芦里卖的什么药，一时你看看我，我看看你，无话可说。

梅逊律师听了目击者如此肯定的回答后，立即说："小伙子，幸好我做过业余侦探。我可以肯定地说你才是真正的凶手。"小伙子听后不禁神色一变，他狡辩道："你怎么能判定是我杀了人，这可是人命关天的事，你可不能诬陷好人。"梅逊律师笑着说："你在杀人后，拉开窗帘逃走，想把罪行转嫁给他人，可惜你忽略了一个显而易见的事实。当时窗外下着大雪，屋子里烧着火炉，窗户肯定是模糊不清的，你不可能如此清晰地看到凶手。"律师说完，小伙子不禁体若筛糠。经过讯问果然是他杀了那位单身女郎。

成长在线

汽化

汽化是指物质由液态转变为气态的相变过程。汽化是液化的相反过程，它需要吸热。单位质量液体转变为同温度蒸气时吸收的热量称为汽化潜热，简称汽化热。汽化热随温度升高而减小，因为在较高温度下液体分子具有较大动能，液相与气相差别减小。在临界温度下，物质处于临界态，气相与液相差别消失，汽化热为零。

冬天向外哈气，会有“白气”产生，这就是口腔中的热水蒸气遇冷液化成的小水珠，带眼镜的人热东西的时候会看不清，是由于热水蒸气遇到较冷的眼镜表面液化成小水珠。还有冬天家里，特别是教室里的窗户内部会有小水珠，是由于室内温度高，而室外温度较低，导致玻璃温度低，室内的热水蒸气遇到较冷的玻璃表面液化成了小水珠。

八公山豆腐

日本人到了中国之后，虽然对很多东西都充满好奇，赞扬称颂的东西也很多，但经常挂在他们嘴边，听他们称颂最多的却是："中国是豆腐的'师傅之国'，豆腐丰富了人们的营养，这是对人类的一个伟大的贡献。"他们为什么对豆腐这么情有独钟呢?

1963 年，中国佛教协会代表团到日本奈良参加鉴真和尚逝世 1200 周年纪念活动，当时，日本许多豆制品业的头面人物也参加了。据说，他们之所以参加纪念活动，是为了感谢鉴真东渡时把豆腐的制法带到了日本。引人注目的是，这些参加者手里都提着装满各种豆制品的布袋，布袋上还写着"唐传豆腐干，淮南堂制"的字样。

淮南堂是我国淮南一家豆腐坊的名字，原是为了纪念豆腐的发明人——汉代淮南王刘安而起的。刘安是汉高帝刘邦的孙子，建都于寿春。他招览宾客、方士达数千人之多，其中较为出名的有：苏非、李尚、田由、雷被、伍被、晋昌、毛被、左吴八人，号称"八公"。刘安经常在这八个人的陪伴下，炼能够长生不老的灵丹妙药。陪伴他的八公，由于常年吃素，体弱不堪。为了改善生活，他们就悉心研制出了鲜美的豆腐，并把它献给刘安享用。刘安

一尝，大为赞叹，于是下令大量制作。这样，豆腐的发明权就记在淮南王刘安的名下了。

关于八公山豆腐还有另外一种传说。话说刘安在家炼丹不成，胸中烦闷，便外出散心。忽然看见对面北山下来八位老人，虽然胡须已经垂到了胸口，但都神采奕奕，健步如飞。刘安大吃一惊，怀疑他们是神仙，便向他们寻求长生不老的妙方，老人们说妙方就是吃用磨碎大豆做成的食物。刘安如法炮制，就得到了豆腐。传说刘安后来在八公山“升天”，山上修建了淮南王刘安庙，“八公山豆腐”，也因此而名扬天下。

成长在线

豆腐的制作

豆腐是怎样做成的呢？把黄豆浸在水里，泡胀变软后，在石磨盘里磨成豆浆，再滤去豆渣，煮开。这时候，黄豆里的蛋白质团粒被水簇拥着不停地运动，仿佛在豆浆桶里跳起了集体舞，聚不到一块儿，形成了“胶体”溶液。

要使胶体溶液变成豆腐，必须点卤。点卤用盐卤或石膏，盐卤主要含氯化镁，石膏是硫酸钙，它们能使分散的蛋白质团粒很快地聚集到一块儿，成了白花花的豆腐脑。再挤出水分，豆腐脑就变成了豆腐。豆腐、豆腐脑就是凝聚的豆类蛋白质。

豆腐是我国一种古老的传统食品，在一些古籍中，如明代李时珍的《本草纲目》、叶子奇的《草目子》、罗颀的《物原》等箸作中，都有制豆腐之法始于汉淮南王刘安的记载。中国人首开食用豆腐之先河，在人类饮食史上，奉献出泽被万世的伟大创举。

不用贴邮票的信件

明信片大家都非常熟悉，逢年过节都会给亲朋好友寄上一张，把美好的祝愿都融在这方寸之间。然而你们可曾知道，明信片的诞生还费了一番周折呢！

明信片的问世，距今已有130多年的历史。它是一种不需要套封的信件——明信。它最先出现于美国。1861年，约翰·P·查尔顿在费城制作了世界上第一张明信片。后来，约翰把版权卖给了一个名叫哈里·L·李普曼的文具商。李普曼改进了约翰的明信片。他改进了明信片的装饰，使其更加美观。他还在明信片上印上了"李普曼明信片"的字样，就这样明信片便开始公开发行。为了维护自己的权益，李普曼还申请了国家专利。

1865年10月的一天，有位德国画家在硬卡纸上画了一幅极为精美的画，准备寄给他的朋友作为结婚纪念品。但是他到邮局邮寄时，邮局出售的信封没有一个能将画片装下。画家正为难时，一位邮局职员建议画家将收件人的地址，姓名等一起写在画片背面寄出。果然，这没有信封的"画片"如同信函一样寄到了朋友手里。这样，世界上第一张自制"明信片"就悄然诞生了。从这一点来说，明信片是艺术家和邮政职员的共同发明。这件事很快就被邮

务总长司蒂芬知道了，他认为这种通信方法简便，建议政府印制一种不用信封的硬信纸，但是当时的德国政府没有采纳司蒂芬的建议，原因是这不会受到人们的欢迎。就这样，一个伟大的“第一”与德国失之交臂。

1869 年，奥地利一位博士发表文章建议：应该开发明信片，并将其列为印刷品邮件，以降低邮费价格。奥地利邮政部采纳了他的建议。于是，第一批预付邮资明信片于 1869 年 10 月 1 日正式在维也纳发行。这种明信片是淡黄色的，与一般信封同样大小，上面附有一张面值 2 克莱泽的邮票。明信片的正面写地址与姓名，反面写信（根据当时的规定，不得超过 20 字）。因此奥地利成为世界上发行明信片最早的国家。由于明信片使用简便，邮资便宜，深受人们欢迎，奥地利仅 3 个月就投寄了 300 多万张。德国邮政部门闻讯后大吃一惊，后悔不已，并于 1870 年 7 月正式发行了明信片。紧接着，英、美、法、瑞士等国的明信片也相继问世。

成长在线

明信片

明信片是用硬纸卡印制的，正面印有邮资图（或印有线框标志贴邮票位置）和收信人、寄信人地址、姓名的格式，背面供书写通信内容。明信片一般由国家邮政部门印制发行。分印有邮资图和未印有邮资图两种（印有邮资图的明信片特称邮资明信片）。其他非邮政部门也可以印制明信片，但不得印邮资图。未印邮资图的明信片有普通明信片、纪念明信片、美术明信片、军邮明信片和贺年明信片等。我国第一版明信片是大清邮政局正式开办后于 1897 年发行的。1912 年中华邮政在清代第四版团龙明信片上加盖“中华民国”字样，称为加盖改值明信片。

明信片的优势在于：完善的邮政发行网络；低成本投入，二次传播效应；目标明确，准确到达率高；以情动人的天然广告载体。

小数点的代价

20 世纪 60 年代，前苏联的联盟一号宇宙飞船在返回大气层时，突然发生了恶性事故：减速降落伞打不开了。前苏联中央领导得知这一情况后非常着急，立即召开会议进行研究。他们经过一番讨论后也没有办法排除飞船的故障。于是决定本着实事求是的态度向全国实况转播这次事故。当电视台的播音员用沉重的语调宣布，宇宙飞船两个小时后将坠毁，观众将目睹宇航员弗拉迪米·科马洛夫殉难的消息后，举国上下顿时被震惊了，人们都张大了嘴巴不敢相信这是事实。当消息被确认后，人们都沉浸在巨大的悲痛之中，尤其是弗拉迪米·科马洛夫的家人更是悲痛欲绝。

在电视上，观众看到了宇航员科马洛夫镇定自若的形象，他没有一丝一毫的慌乱。人们看到他那镇定的神情更加悲伤了。只见科马洛夫面带着微笑地对母亲说："妈妈，您的图像我在这里看得清清楚楚，包括您的头上的每根白发，谢谢您对我的养育之恩。您能看清我吗？""能，我能看清楚。孩子，妈妈一切都很好，你就放心吧！"妈妈高兴又忧伤地说。人们看到科马洛夫的眼睛里饱含泪水。

这时，科马洛夫的女儿也出现在电视屏幕上，她只有

12 岁。科马洛夫说："孩子，你不要哭，一定不要哭，要做个坚强的孩子。""我不哭……我……不哭。"虽说是不哭，但女儿已经泣不成声。她抽泣了一会强忍着悲痛说："爸爸，您是苏联英雄，我想告诉您，英雄的女儿会像英雄那样生活的！"科马洛夫叮嘱女儿说："我最亲爱的女儿，你学习时一定要认真对待每一个小数点，千万不要马虎大意。联盟一号今天所发生的一切，就是因为地面检查时忽略了一个小数点……"

时间一分一秒地过去，距离宇宙飞船坠毁只有几秒钟了，科马洛夫向全国的电视观众挥挥手说："同胞们，请允许我在这茫茫的太空中与你们告别。"就在他说完的一瞬间，突然传来了一声巨大的爆炸声。人们顿时沉浸在无限的悲痛之中。科马洛夫永远地走了，他留下了对亲人对祖国永恒的爱。但更震撼人心的是他对女儿说的那番话。它警示着人们：对待人生不能有丝毫的马虎，否则，即使是一个细枝末节，也会让你付出深重的甚至是永远无法弥补的代价。

成长在线

小数点

小数点是一种数学符号，用于在十进制中隔开整数部分和小数部分。中国自古以来就使用十进位制计数法，第一个将这一概念用文字表达出来的是魏晋时代的刘徽。到了宋、元时代，小数概念得到了进一步的普及和更明确的表示。

在欧洲和伊斯兰国家，古巴比伦的六十进制长期以来居于统治地位，一些经典科学著作都是采用六十进制，因此十进制小数的概念迟迟没有发展起来。15 世纪中亚地区的阿尔卡西是中国以外第一个应用小数的人。

欧洲数学家直到 16 世纪才开始考虑小数，其中较突出的是荷兰人斯蒂文，他在《论十进制》一书中明确表示法。而第一个把小数表示成今日世界通用的形式的人是德国数学家克拉维斯，他在《星盘》一书中开始使用小数点作为整数部分与小数部分之间的分界符。

摄影师的本事

在一个风和日丽的夏日，一家的照相馆门口聚集了很多人。人们看到照相馆门前聚集了老老少少这么多人，都很纳闷。这到底是怎么回事呢？上前一打听，人们才知道，这些人原来是祖孙三代，到这家照相馆是想照一张全家福。老板一见生意来了，就赶紧出来迎接。

老板先把他们让进了会客室，他们稍稍休息后，由摄影师把这 13 口人领进了拍摄室，他们浩浩荡荡有说有笑地走了进来。摄影师一看这么多的人，就按照长幼男女的顺序排好了位置，让他们站好，自己则调整距离准备照相。等它要拍照时才发现他们一个个都板着脸，一副非常严肃的样子，好像和谁有什么深仇大恨似的。

摄影师就笑着对他们说："你们一家老小照相本来就是一件非常难得、令人高兴的事，怎么苦大仇深的？各位都笑笑，笑笑。"这家人听了都应声道："对，对，的确是值得高兴的事，应该笑笑。"但说归说，要做起来实在太难了。他们一个个努力试着让自己笑笑，但丝毫没有什么改观，即使勉强笑出来了，也比哭还难看。摄影师看着他们的表情都被逗笑了。他实在没有办法，就说了一些常说的笑话，但根本无济于事，看来这家人的确有些紧张。

摄影师看着一位约 6 岁的小男孩站在一位老太太的身边，于是眉头一皱，计上心来。他和蔼地对那位小男孩说："小朋友，你能不能再靠近你妈妈一点儿？"小男孩听了马上大声地嚷道："叔叔，你弄错了，她不是我妈，她是我奶奶！真是的，你这么大个人，连这点也分不清吗？"话一出口，他们 13 口人全逗笑了，摄影师趁此机会立刻摁下了快门。于是，一张非常自然的全家福就展现在众人面前。照片出来后，一家人都赞不绝口。

人们在出乎意外的紧张情况下所产生的情感状态，心理学上叫做"应激"。这 13 口之家照相的紧张表现就是一种应激状态。摄影师的本事就在于随机应变，创造一个自然情境，使这家人摆脱心理紧张，放松神经，松弛表情，就在大家笑得自然时，摄下一张成功的照片。

成长在线

应 激

应激是机体在各种内外环境因素刺激下出现的非特异性全身反应。应激的最直接表现即精神紧张。是指各种过强的不良刺激，以及对它们的生理、心理反应的总和。应激反应指所有对生物系统导致损耗的非特异性生理、心理反应的总和。

应激一词，首先由汉斯塞里于1946年应用于医学领域，他通过多次临床和实验研究，提出了应激和全身适应综合症的理论，受到了医学界的重视，并被广泛用于医学理论和临床实践。

简单的说，可以把应激理解为压力或刺激。当人受到应激作用时，就会产生一种相应的反应，并在新的情况下逐渐地适应。如果人不能适应这种刺激，就可能在生理上或心理上产生异常，甚至可能发生疾病。

波斯太子死里逃生

古时候，波斯帝国有一位年轻的太子。他不仅风流倜傥，而且聪明过人。一次，他率波斯大军与阿拉伯帝国的倭马亚王的军队交战时，不幸兵败被俘。军士们把他押送到倭马亚王的面前，国王得意洋洋地看着他，二话没说便下令推出去杀头。

太子一听，马上装出一副可怜兮兮的样子说："慈悲的国王啊，我渴极了，您让我喝点水再走吧，如果我的要求能够被允许的话，那么我也就死而无憾了。"国王心想：你是我的俘虏，生杀予夺还不是我说了算，你还能耍出什么新花样，我就给你水喝。想到这，他便点头答应了波斯王子的请求，并命令左右递给太子一碗水。

太子假装哆哆嗦嗦地接过来水来，小心翼翼地捧在胸前，却不去喝它，而是左顾右盼起来。"水是你要来的，为什么到现在反而不喝了，都是临死之人了，你还有心情东张西望吗?"一名军士大声喝道。国王看波斯太子如此，也很奇怪，不禁疑惑地看着他。太子听军士这么一说，扑通一声跪在地上，恐惧地看着国王说："大王，不是我不想喝这碗水，我实在渴得厉害，但我迟迟不喝的原因就是怕您不等我把这碗水喝完，就会举刀杀了我啊!"

国王一听，刚才的疑惑也不禁烟消云散了。他不由得哈哈大笑起来，心想：我还以为堂堂的波斯国太子会毫无惧色的面对屠刀呢！原来他也是血肉之躯，也怕死啊，真是没有血性。想到这，倭马亚王说："笑话！我从来都是说一不二的。你尽管喝好了，我向全能的真主起誓，在你喝完这碗水之前，肯定不会杀你。"

太子一听，迅速把手中的这碗水泼在地上。国王看到他把水泼到了地上，吃惊地问："你刚才不是说口渴让我给你水喝吗，为什么现在却把水泼到了地上？"波斯太子镇定地说："陛下，我没有喝这碗水，这水已经滋润了您的土地。我无论想尽什么办法都不会喝到它了，请您履行您的誓言吧。"国王因为有言在先，此刻也无话可说，只好让军士放了太子。于是，波斯太子用自己的机智使自己重新获得了自由。

成长在线

急中生智的科学道理

波斯王子在应激态下，面对人头落地的危险情境，保持了清醒的头脑。他急中生智，语言准确，行为从容，终于靠智慧转危为安，死里逃生。这是积极处理应激状态的典范。这同他平时善于学习处理各种事件的知识，储备一些随机应变、当机立断的经验大有关系。在应激状态下，另一种表现就是瞠目结舌，惊慌失措，甚至魂不附体。比如，自家失火，只要一拉门把手，就可以逃出去，但在情急时刻，却死命推门，陷入火海，不能自救。

筷子的传说

中国是筷子的发源地，用筷子进餐少说也有 3000 年历史。凡是使用过筷子的人，无不钦佩筷子的发明者。可是它是什么人发明的，又是何时诞生的呢？现在谁也无法回答这个问题。

传说尧舜时代，洪水泛滥成灾，舜命禹去治理水患。大禹受命后，发誓要为民清除洪水之患，曾经三过家门而不入。他日日夜夜和凶水恶浪搏斗，别说休息，就是吃饭、睡觉也舍不得耽误一分一秒。

有一次，大禹乘船来到一个岛上，饥饿难忍，就架起陶锅煮肉。肉在水中煮沸后，因为烫手无法用手抓食。大禹不愿等肉锅冷却而白白浪费时间，他要赶在洪峰前面治水，所以就用两根树枝把肉从热汤中夹出，吃了起来。从此，为节约时间，大禹总是以树枝、细竹从滚沸的热锅中捞食，这样可省出时间来制服洪水。久而久之，大禹练就了熟练使用细棍夹取食物的本领。手下的人见他这样吃饭，既不烫手，又不会使手上沾染油腻，于是纷纷效仿。

虽然传说主要是通过某种历史素材来表现人民郡众对历史事件的理解、看法和感情，而不是严格地再现历史事件本身，但大禹在治水中偶然使用筷子的情形，却有很大

的可信度。促成筷子诞生，最主要的契机应该是熟食烫手。

上古时代，因为没有金属器具，再因兽骨较短、极脆、加工不易，于是先民就随手采摘细竹和树枝来捞取熟食。当年处于荒野的环境中，人类生活在茂密的森林、草丛、洞穴里，最方便的材料莫过于树木、竹枝。正因如此，小棍、细竹经过先民烤物时的拨弄，急取烫食时的捞夹，蒸煮谷黍时的搅拌等，筷子的雏形便逐渐出现。从现在筷子的形体来研究，它还带有原始竹木棍棒的特征。即使经过 4000 余年的发展，其原始性依然存在。

当然，任何传说总是经过历代人民的取舍、剪裁、虚构、夸张、渲染甚至幻想加工而成的，大禹创筷也不例外。它是将数千年百姓逐渐摸索到的制筷过程，集中到大禹这一典型人物身上。其实，筷子的诞生，应是先民的集体智慧，并非某一人的功劳。不过，筷子可能起源于禹王时代，经过数百年甚至千年的改进和普及，到商代成了和匕首共同使用的餐具。

成长在线

杠杆平衡原理

我们用筷子夹取食物，就是利用了杠杆的原理。要使杠杆平衡，作用在杠杆上的两个力的大小跟它们的力臂成反比。

再比如，我们点一下头或抬一下头是靠杠杆的作用，杠杆的支点在脊柱之顶，支点前后各有肌肉，头颅的重量是阻力。支点前后的肌肉配合起来，有的收缩、有的拉长，配合起来形成低头仰头。

当你把脚尖翘起来的时候，是脚跟后面的肌肉在起作用，脚尖是支点，体重落在两者之间。这是一个省力杠杆，肌肉的拉力比体重要小。而且脚越长越省力。如果你弯一下腰，肌肉就要付出接近1200牛顿的拉力。这是由于在腰部肌肉和脊骨之间形成的杠杆是一个费力杠杆。所以在弯腰提起立物时，正确的姿式是尽量使重物离身体近一些，以避免肌肉被拉伤。

小马彪斗大老虎

人们常说："老虎屁股摸不得！"可偏偏就有敢摸老虎屁股的，它不光敢摸老虎屁股，还能从老虎的肛门中钻进老虎的肚子里去，把老虎从里面吃光掏空。它到底是什么呢？原来，它就是小马彪。

一片草地上，一只大老虎突然冲向正在吃草的羊群，它叼起一只羊就跑。就在这时，一直躲在羊群中间的小马彪飞快地冲到老虎面前，挡住了老虎的去路。老虎好像知道马彪的厉害，只得放下羊，张嘴发出一声别的动物听了会吓破胆的怒吼，想吓住眼前的小对手。可小马彪像什么都没听见一样，照旧歪着头看着老虎，好像在说：叫什么叫，真有本事，你就使出来呀！

老虎又猛吼一声，飞身扑向马彪。马彪往地上一蹲，让过了老虎，又很快从老虎肚皮下穿过，跑到老虎屁股后面。老虎赶忙转过身，又一次扑向马彪，不想再次落了空，又第三次扑了过去。小马彪每次都机灵地躲到了老虎屁股后面。几个回合下来，老虎累得张着大嘴"呼呼"地喘气，小马彪却像什么事也没发生过一样。

老虎见自己的三次猛扑都没伤着马彪一根毫毛，干脆耍起赖来，一屁股坐到地上不动了。看来，它是要保

住自己的肛门。小马彪为了激怒老虎，一会眨眨眼、挤挤鼻，一会怪声怪气地叫几声，可老虎就是坐着不动。它见前几招没有奏效，就使出一着“绝招”：它把自己的屁股对准老虎的脸，“扑”地放出一个响屁。这一下老虎可气坏了，也顾不上肛门了，纵身就朝小马彪扑了过来。

这一次，马彪没像前几次那样躲开，而是像足球运动员跳起来扑球一样，飞身跳到老虎背上，用尖尖的爪子狠抓老虎的皮肉，痛得老虎嗷嗷直叫。老虎没命地又蹦又跳，想把马彪摔下来，可这怎么办得到呢！不过，就是到了这一步，老虎还用尾巴紧紧护着肛门。

见在老虎背上不行，马彪又掉头去抓老虎的屁股。这下子老虎慌了神，忙用尾巴去扫马彪。机会终于来了！马彪迅速跳到老虎尾巴下面，两只后腿用力撑开老虎尾巴，两只前爪直掏老虎的肛门，不一会就掏出了一个大口子。小马彪把头往里一伸，就钻了进去……老虎一点办法也没有了，只能扯起嗓子嚎叫。这时的马彪已经钻进了老虎的肚子里，吃起了老虎的五脏六腑来……。

成长在线

小马彪

小马彪的全身呈赤棕色，也称红狼，也就是我们所说的豺。它的外形与狼、狗等相近，但比狼小，而稍大于赤狐，头宽，额扁平而低，吻部较短，耳短而圆，额骨的中部隆起；四肢也较短，尾巴较粗，毛蓬松而下垂。豺的体毛厚密而粗糙，体色随季节和产地的不同而异，一般头部、颈部、肩部、背部，以及四肢外侧等处的毛色为棕褐色，腹部及四肢内侧为淡白色、黄色或浅棕色，尾巴为灰褐色，尖端为黑色。

豺的分布范围较大，主要是亚洲的东部、南部、东南部和中部等地区，即北起西伯利亚南部，南至南洋群岛各国，西从克什米尔一带的喜马拉雅山地，东达乌苏里一带，其中包括我国的大部分地区。

一杯咖啡

英国有位名叫黛安娜的妇女，一生很是不幸。她接连嫁了两个丈夫，都因病去世了。她虽然继承了许多遗产，但一个人生活，总感到很寂寞。

不久前，有个叫查理斯的男人向他求婚，她觉得这人不错，就嫁给了他。婚后查理斯便搬到她的豪宅里。一天下午，黛安娜帮助丈夫收拾房间，意外地发现丈夫抽屉里收藏着一大叠剪报。上面报道一个叫马可的罪犯，专门寻找有钱的女人，和她们结婚，然后设法杀死她们，将钱财占为己有。该凶犯如今越狱在逃。黛安娜看见报上的罪犯照片及特征描述，顿时头晕目眩。原来，这罪犯竟是现在的新婚丈夫——查理斯！

正在这时，查理斯手拿铁锹进了院子。她想：恐怕今天晚上，他就要杀死我了！她想逃出去，但又怕丈夫怀疑。她就趁他去屋后的时候，拿起电话，给好朋友杰克打了个报警电话。打完电话，她装着若无其事的样子，煮了杯咖啡，没放糖，递给了刚进屋的丈夫。

丈夫喝了几口咖啡说："这咖啡为什么不放糖？我不喝了，我们一起去整理一下地窖吧。"黛安娜知道丈夫要杀她了。她明白自己无法逃出去，便灵机一动，说："亲

爱的，你等一下，我要向你忏悔！”她在编造故事，想拖延时间，等朋友杰克的到来。丈夫好奇地问：“你忏悔什么？”

黛安娜沉痛地说：“我向你隐瞒了两件事。我第一次结婚后，劝我那有钱的丈夫参加了人寿保险。每天晚上，我都亲自为他煮咖啡。有一天晚上，我悄悄地把一种毒药放进咖啡里。不一会儿，他就倒在椅子上，再也爬不起来了。我于是便和人们说他暴病而死，得到了他的人寿保险金和全部财产。第二次，我又是用亲手煮的咖啡加毒药的方法，得了一笔人寿保险，现在，你是第三个……”黛安娜说着，指了指桌上的咖啡杯。

查理斯听到这里，吓得脸色惨白，用手拼命地抠自己的喉咙，歇斯底里地尖叫道：“咖啡，怪不得咖啡那么苦，原来……”他边吼叫着，边向黛安娜扑过去。黛安娜一边向后退，一边镇定地说：“是的，我在咖啡里下了毒，现在，你的毒性已经发作，不过，你喝得不多，还不至于马上死去……”查理斯受不了这沉重的打击，一下子被吓昏了，就在他耷拉下脑袋时，她的好友杰克带着警察赶到了。

成长在线

暗 示

暗示是指用含蓄的、间接的方法，对别人的心理和行为产生影响。暗示往往使别人无意地、不自觉地接受某些信息的影响并做出相应的反应。暗示所产生的作用有时是十分玄妙、异常神奇的。黛安娜运用的暗示不仅保护了自己，而且从身心上有力地打击了她那凶犯丈夫。

人们为了某种目的，在无对抗的条件下，通过交往中的语言、手势、表情、行动或某种符号，用含蓄的、间接的方式发出一定的信息，使他人接受所示意的观点、意见，或按所示意的方式进行活动，它是社会和人际影响的形式之一。

在一般情况下，暗示者是主动的、自觉的，相对来说，受暗示者是被动的。暗示一般可分为直接暗示、间接暗示、自我暗示和反暗示四种。影响暗示的因素主要有三方面：暗示者的特征、受暗示者的特征和当时的客观情况。在情况不明时，在困难、混乱的境况中，人们更容易接受暗示。

两只狗的实验

19 世纪末，随着科学的发展，人类对自己身体各部分的构造已基本清楚，但对内脏器官的工作机理，对人体的司令部——大脑以及神经系统的活动规律，却了解很少。怎样才能观察到它们的活动规律呢？解决这个难题的，是俄国杰出的生理学家伊凡·彼得罗维奇·巴甫洛夫。

在巴甫洛夫以前，研究生理学的人，大多采用一种"急性实验"的方法。例如，牵一条狗来，将它麻醉后解剖，取出内脏器官来做实验。但是巴甫洛夫却主张进行一种"慢性实验"，就是实验的时候不让器官离开机体，也不作麻醉，这样就能观察到器官活动的真实规律。巴甫洛夫想：营养是生命的来源。要了解人体内脏的机理，理应从研究消化开始，首先应观察胃的消化活动。可是，胃藏在腹腔里，怎么可能看到里面的动态呢？

一个偶然的事故，给了巴甫洛夫很大的启发。有个猎人枪支走火，子弹射进了自己的腹部，医生救了猎人的命，可惜伤口长期不能愈合，在腹部留下了一个通向胃部的小洞，只好用纱布盖着。聪明的医生就利用这个难得的"窗口"，来观察猎人胃的活动情况。当然，这只是独一无

二的特例，又不能在其他正常人身上再开这么一个窗口。

消息传到巴甫洛夫耳里，渐渐地一个大胆的实验设计形成了。巴甫洛夫决定用狗代替人来做实验。先将狗胃的一部分割开，做成一个通向体外的胃瘘管，再在狗的脖子上开一个口子，把食管切断，然后把两个断头都接到体外。

在实验台上，在带瘘管的狗面前摆着一个食盘，饥饿的狗狼吞虎咽地吃了起来，可是咽下去的食物半路上从食管切口处掉了出来，又落在食盘里。狗虽然不停地吃，胃却始终大唱“空城计”。有趣的是，食物虽然没有进入胃里，但狗的嘴巴一动，一咀嚼食物，胃就开始分泌胃液，因为胃内没有杂物，透明纯净的胃液就从胃部瘘管中一滴一滴地流入外面接着的试管里。

这个“假饲”实验告诉我们：食物并没有到胃里，而胃已开始分泌胃液，说明胃液的分泌不是食物刺激胃的结果，而是大脑通过神经下达了命令。食物一进入嘴里，味觉神经就向大脑报告：食物来了，叫胃准备消化。信号从大脑传到胃，胃液就分泌出来了。

成长在线

条件反射

条件反射是指两样本来没有任何联系的东西，因为长期一起出现，以后，当其中一样东西出现的时候，便不可避免地联想到另外一样东西，是有机体因信号的刺激而发生的反应。条件反射是后天获得的，是在生活过程中通过一定条件，在非条件反射的基础上建立起来的反射，是高级神经活动的基本调节方式，人和动物共有的生理活动。形成条件反射的基本条件是无关刺激与非条件刺激在时间上的结合。任何无关刺激与非条件刺激相结合，都可以形成条件反射，一般认为必须有大脑皮质参加才能实现。

传统观点认为，条件反射的建立，是由于在条件刺激的皮质代表区和非条件刺激的皮质代表区之间多次的同时兴奋，发生了机能上的“暂时联系”。条件刺激在皮质引起的兴奋，可以通过暂时联系到达非条件反射的皮质代表区，于是引起本来不能引起的反应。

寒号鸟

传说有一种小鸟，叫寒号鸟。这种鸟与其他的鸟有些不同，它长着四只脚，两只光秃秃的肉翅膀。它的巢不像其他的鸟一样建在高高的树枝上，而是建在山崖上的缝隙里。

夏天的时候，寒号鸟全身长满了绚丽的羽毛，样子十分漂亮。寒号鸟骄傲得不得了，觉得自己是天底下最漂亮的鸟，连凤凰也不能同自己相比。于是它整天炫耀自己的羽毛，到处走来走去，还洋洋得意地唱着："凤凰不如我！凤凰不如我！"

夏天过去了，转眼秋天来到了。鸟们都各自忙开了，它们有的开始结伴飞到南边，准备在那里度过温暖的冬天；有的留下来，整天忙着积聚食物，修理窝巢，做好过冬的准备工作。它的邻居喜鹊一早飞出去，东寻西找，衔回来一些枯枝，就忙着垒巢，准备过冬。寒号鸟却整天飞出去玩，累了就回来睡觉。喜鹊说："寒号鸟，别睡觉了，天气这么好，赶快垒窝吧，要不然你怎么过冬啊？"寒号鸟不听劝告，躺在崖缝里对喜鹊说："你不要吵来吵去的，太阳这么好，正好睡觉。"

几阵秋风过后，树叶落光了，冬天就要到了。这时候

天气寒冷极了，鸟们都回到自己温暖的巢里。这时的寒号鸟，身上漂亮的羽毛也脱落光了。夜间，它躲在石缝里，冻得浑身直哆嗦。它想：等到明天天好的时候，我一定要起来垒窝。第二天清早，风停了，太阳暖烘烘的。喜鹊就对它的邻居寒号鸟说："趁着天气好。赶快垒窝吧。"寒号鸟还是不听喜鹊的劝告，伸了伸懒腰，又睡觉了。

寒冬腊月，大雪纷飞，漫山遍野一片白色。北风像狮子一样怒吼，河里的水结了冰，崖缝里冷得像冰窖。就在这严寒的夜里，喜鹊在温暖的窝里熟睡，寒号鸟却在窝里蹦跳着取暖，它发出了最后的哀号："哆罗罗，哆罗罗，寒风冻死我，明天就垒窝。"

第二天，风停了，太阳普照着大地。它的邻居喜鹊早早地起来叫寒号鸟道："寒号鸟，寒号鸟，快起来，今天天这么好，你快起来垒窝吧！"它连叫好几遍都没有听到寒号鸟的回答，于是便来到悬崖上的石缝边。原来，寒号鸟已经冻死在自己的窝里，它再也没有机会垒窝了。

成长在线

寒号鸟

寒号鸟又称飞鼠。体型和松鼠相似，前后肢间生有宽大多毛的飞膜，耳基部有一束黑色长毛。背毛棕黄、杂黑色长毛。栖于山岩峭壁的岩洞或裂缝中，多用细草等作窝，以侧柏叶及其籽为食物。

寒号鸟白天隐匿在巢内，黄昏或夜间外出活动，可由高处向低处滑翔。山西省多见于太行山、绵山、中条山、五台山等地。它的粪便，就是中药的五灵脂。现介休、灵石、平定等县已家养。

莫里斯与计算机病毒

1977年夏天，一个叫托马斯·J·雷恩的小说家坐在家中大发奇想，凭空虚构了一种叫《P－1的青春》的科幻小说，第一次把生物学中的术语“病毒”搬进电脑世界。他幻想有一种奇异的病毒，能从一台计算机传染到另一台，最后控制了7000台电脑的运行。小说发表后一下子轰动了科普界。一些科学家对此嗤之以鼻，把它视为荒诞不经的神话。问题的严重性在于，这部小说或许具有一定的教唆作用，它触发了某些人发明计算机病毒的灵感，使虚构的东西在10年后呱呱坠地。

1988年11月3日，美国国防部电脑网络和各大学的6000台计算机，因感染一位计算机系学生编制的病毒程序而关机，直接损失达9600万元。造成这一严重后果的罪魁就是小莫里斯。小莫里斯的父亲是军方著名的电脑专家，家里有一套高档计算机。小莫里斯的课余时间基本上都是在电脑旁度过的。每星期的周末，总是他最开心的日子，因为父亲的同事们常常到他家聚会。他们有时谈论有关电脑的奇闻趣事，有时则凑在一起玩很特别的计算机游戏。他们约定每人编一个能够“吃掉”对方程序的程序，然后一起输进电脑，看谁先把别人的程序吃掉。这种紧张

的电脑“追杀”对小莫里斯太有吸引力了，他一边看一边学，慢慢地从袖手旁观发展到亲自“上阵”。在游戏过程中，他的编程技巧不断提高，成绩也不断扩大，甚至多次使他的父亲败北。

22 岁时，小莫里斯成为康奈尔大学计算机科学系的一名研究生，这里宽松的学习环境，使他如鱼得水。进入第二学年的时候，莫里斯发现父亲为五角大楼一手设计的网络安全防护系统有些小漏洞，于是他就产生了和他的父亲开开玩笑的念头。他把自己编写的叫“蠕虫”的小程序偷偷地放在网络里，使它秘密地“繁殖”，然后从一部电脑爬向另一部，当“小虫子”占领了一些电脑后，他准备在某一时间让它们同时大叫一声，吓一吓安全部门，也让他父亲瞎忙一阵。可是由于他在程序设计中犯了一个错误，那些“虫子”正以几百倍的速度迅速“繁殖”，已经无法控制。与此同时，国防部电脑网络遭到一种身份不明的小程序的攻击，各终端电脑患了同一种疾病，屏幕上跳动着一些毫无意义的乱糟糟的字。安全值日官束手无策，被迫下令网络上的所有终端立即关闭。

事件发生后，当着联邦调查局高级官员和父亲的面，莫里斯对此供认不讳。1990 年 5 月 5 日，莫里斯以危害国家安全罪被判处了有期徒刑。

成长在线

计算机病毒

计算机病毒不是来源于突发或偶然的原因。一次突发的停电和偶然的错误，会在计算机的磁盘和内存中产生一些乱码和随机指令，但这些代码是无序和混乱的；病毒则是一种比较完美的，精巧严谨的代码，按照严格的秩序组织起来，与所在的系统网络环境相适应和配合起来。病毒不会通过偶然形成，它需要有一定的长度，这个基本的长度从概率上来讲是不可能通过随机代码产生的。现在流行的病毒是由人故意编写的，多数病毒可以找到作者和产地信息。从大量的统计分析来看，病毒作者主要情况和目的是：一些天才的程序员为了表现自己和证明自己的能力，出于对上司的不满，为了好奇，为了报复，为了祝贺和求爱，为了得到控制口令，为了软件拿不到报酬预留的陷阱等。当然也有因政治、军事、宗教、民族、专利等方面的需求而专门编写的，其中也包括一些病毒研究机构和黑客的测试病毒。

神父的探索

孟德尔生于1822年，他本是奥地利的一个农家子弟，父母都是园艺家，对各种植物都很有研究，这对小孟德尔有很大的影响。

1853年，孟德尔从温那大学毕业后，来到布隆的修道院，过着一名神父特有的刻板、宁静的生活。虽然他生活的那个时代正是科学兴旺发达的时代：达尔文正在英国著述进化论，巴斯德正在法国研究微生物。然而他生活在那个四周围着高墙的小小修道院里，对外界知之甚少。他不像达尔文那样有周游世界的机会，也不像巴斯德那样有许多研究科学的朋友。但孟德尔却有着足够的时间，修道院里还有一块园地，这就使他也有可能做出像达尔文、巴斯德一样令人瞩目的成绩来。

孟德尔研究的是生物遗传学。我国自古以来就有“种瓜得瓜，种豆得豆”的谚语，这实际上说的就是遗传现象。那么，究竟是什么原因，或是什么力量能使生物有遗传现象呢？我国古代似乎还没有人提出过类似问题，也许是因为这现象太自然的缘故吧。倒是2300多年前的亚里士多德提出过这类问题：“有一个白种女子嫁给一个黑种人，他们的子女是白色的，但到了孙儿那一代之中，又有

黑色的。那么，他们白色的子女中，如何藏着黑色血统的呢?”

问题是提出来了，但在两千多年的漫长岁月里，没有人能够回答这个问题。现在，孟德尔准备来解答这个问题。孟德尔利用修道院里的那块园地，栽培了许多植物，并做了许多杂交试验。他所试验过的植物有豌豆、龙头花、山柳菊、紫茉莉、菜豆、洋莓、毛蕊花、玉米等。他还养了些蜜蜂和小白鼠，对它们也做过杂交试验。

经过比较之后，孟德尔把自己的精力集中在豌豆的杂交研究上。为什么选用豌豆呢?因为豌豆是一种严格进行自交的植物。豌豆花不等到花瓣张开，雄蕊上的花粉就落到雌蕊的柱头上，完成了授粉作用。而且花瓣裹得很严实，不会让别的花粉有侵入的机会。这类通过严格的自交传种接代的植物，各种不同的品种都能保持自己的独特性状，这对孟德尔的实验来说是非常重要的。后来，经过一次次的杂交试验，孟德尔终于得出了遗传规律。

成长在线

孟德尔遗传规律

任何一门学科的形成与发展，总是同当时热衷于这门科学研究的杰出人物紧密相关，遗传学的形成与发展也不例外。孟德尔就是遗传学杰出的奠基人，他揭示出遗传学的两个基本定律——分离定律和自由组合定律。

分离规律的实质是杂合体中决定某一性状的成对遗传因子，在减数分裂过程中，彼此分离，互不干扰，使得配子中只具有成对遗传因子中的一个，从而产生数目相等的、两种类型的配子，且独立地遗传给后代。

自由组合规律的实质是一对等位基因与另一对等位基因的分离与组合互不干扰，各自独立地分配到配子中。孟德尔的分离规律和自由组合规律是遗传学中最基本、最重要的规律，后来发现的许多遗传学规律都是在它们的基础上产生并建立起来的，它犹如一盏明灯，照亮了近代遗传学发展的前途。

奇异的卷发

为了使头发更漂亮美观，人类发明了烫发。烫发是本世纪初一个名叫卡尔·纳斯勒的德国人发明的。纳斯勒是什么人呢？原来，他是一个学艺不久的理发师，后来由于在德国生活困苦，食不果腹，只好流落到国外，寻求新的生活。他经过长途跋涉，先到了瑞士。在瑞士没有安身之处，于是他又辗转来到了法国。到了巴黎之后，由于他人生地不熟，找不到工作，经常吃了上顿没下顿，还经常受到流氓的骚扰。后来，一名叫马赛尔·格拉泰的理发师见他还有些理发的手艺，就收留了他，并传授给他一种卷发技术。

聪明好学的纳斯勒很快就学会了这种技术。在以后的日子里他更是把这种卷发技术使用得驾轻就熟，深得格拉泰的欣赏。这种卷发技术使用得越熟练，它的弊端也就越为明显。纳斯勒先感到这种卷发的方法不是很理想，另外就是卷成的波浪式发型只能保持很短的一段时间。于是，纳斯勒就在总结师傅经验的基础上，精心设计了一种用化学剂和加热来固定卷发的新方法。然而，纳斯勒的大胆设想并未被他固步自封的师傅所采纳。纳斯勒一度失望极了。

后来，纳斯勒又离开法国，离开了老师来到了英国。在伦敦的一家理发店里，他征得老板的同意，开始实践他所发明的烫发方法。然而第一次的试验并没有获得预期的效果，因为他所使用的卷发夹是用黄铜制作的，一支发夹重约 1 公斤，使顾客头部负担过重；另外，用于烫发的火剪灼热烤人，使顾客难以忍受。被他试验的那位女顾客极为不满，以致还引起了一场风波。结果，勇于创新的纳斯勒被老板毫不留情地解雇了。

但是，意志坚强的纳斯勒没有因此而气馁。他从失败中不断吸取教训，不断改进方法，不断地进行实验，终于在 1909 年让人们接受了热烫卷发，并且被越来越多的理发店推广使用。直到本世纪 40 年代，热烫才被冷烫（即用化学药水烫发）的新方法所代替。尽管烫发技术日新月异，但德国人卡尔·纳斯勒历尽艰辛首创这项技术的功劳是不可磨灭的。

成长在线

烫发原理

烫发就是使用化学和物理方法，使自然的直发，形成卷曲的形状。烫发的方法主要是冷烫（又称化学烫）。

烫发时，将头发卷在不同直径与形状的卷芯上，在烫发水第一剂的作用下，大约有45%的二流化键被切断，而变成单硫键。这些单硫键在卷芯直径与形状的影响下，产生挤压而移位，并留下许多空隙。烫发水第二剂中的氧化剂进入发体后，在这些空隙中膨胀变大，使原来的单硫键无法回到原位，而与其他一个与之相邻的单硫键重新组成一组新的二硫化键，使头发中原来的二流化键的角度产生变化，从而使头发变卷。

ZHONGGUOXUESHENGZONGHENENGLIPEIYANGBIDU
中国学生综合能力培养必读

下

开发学生发散思维的益智故事

成长必读编委会◎编著

让好故事教你换个角度想问题

思维一旦陷入一种定势，就难以收获富有创造性的成果。快把束缚我们思考的“枷锁”打开吧！

北京联合出版公司

图书在版编目（CIP）数据

开发学生发散思维的益智故事/《开发学生发散思维的益智故事》编辑部编. —北京：北京联合出版公司，2010.5（2015.10 修订重印）

ISBN 978-7-8072-4636-7

Ⅰ. 开…　Ⅱ. 开…　Ⅲ. 故事—作品集—世界　Ⅳ. I14

中国版本图书馆 CIP 数据核字（2008）第 214382 号

开发学生发散思维的益智故事

编　　著：《开发学生发散思维的益智故事》编辑部

责任编辑：和庚方

封面设计：燕宏林洲

图文制作：北京东方视点数据技术有限公司

北京联合出版公司出版

（北京市西城区德外大街 83 号楼 9 层　100088）

北京龙跃印务有限公司　新华书店经销

字数 200 千字　640mm×960mm　1/16　24 印张

2015 年 10 月第 2 版　第 3 次印刷

ISBN 978-7-8072-4636-7

定价：56.00 元（全二册）

目　录

油条的由来

南宋时期，宰相秦桧和妒妇王氏设计害死精忠报国的岳飞。消息传开来，老百姓个个义愤填膺，酒楼茶馆，街头巷尾，人们都在议论这件事。

从安桥下，有两个食品摊，一家卖芝麻葱烧饼，一家卖油炸糯米团。这一天，刚刚散了早市，做烧饼的王二，看看没有买主，就坐在条凳上休息。这时，做糯米团的李四，也收拾好油锅，蹲在那里抽烟。

二个人闲着没事，便谈到秦桧害死岳飞的事情上了。两个人都非常愤懑，就想用一种方法表达自己的愤恨之情。王二想到了一个办法，只见他从面板上弄了两个面疙瘩，捏捏团团，不一会便捏成了两个面人。一个吊眉无赖，一个歪嘴刁婆。李四看后，还不满意，他跑回自己的摊子旁，把油锅架好，将那两个斩断切开了的面人重新捏好，背对背地粘在一起，丢进滚烫的油锅里去炸。一面炸面人，一面叫着，“大家来看油炸桧罗！”过往的行人听见“油炸桧”，都围拢来。大家看着油锅里有这样两个丑人，被滚油炸得吱吱响，就明白是怎么回事了，也跟着喊起来。

刚好，秦桧下朝经过从安桥。他在轿子里听见嘈杂的喊声，就叫停下轿子，派出亲兵去抓人。亲兵挤进人群，把王二和李四抓来，连那油锅也端到轿前，秦桧看见油锅里炸得焦黑了的两个丑人，气得胡子翘得老高，走出轿来大声喊道："好大的胆子！你们想要造反?"

两个人异常平静的回答说："我们是做小生意的，对造反不感兴趣?"秦桧说："既然如此，怎敢乱用本官的名讳?"王二说："啊呀，宰相大人，你是木旁的'桧'，我是火旁的'烩'哩！"秦桧看看油锅里浮起的那两个丑人，喝道："不要罗唆！这炸成黑炭一样的东西，如何吃得！分明是两个刁民，聚众生事，欺蒙官府!"

这么一说，人群中立刻站出两个人来，说："就要这样炸！"一面把油锅里的面人捞起来。还连声说："好吃，好吃！我真想一口把它吞下去哩!"这一来，秦桧只好瞪瞪眼睛，往大轿里一钻，灰溜溜地逃了。人们得知这件事后都纷纷赶到从安桥来，都想吃一吃"油炸桧"，王二和李四索性合伙做起了"油炸桧"生意。

初吃"油炸桧"是为了消消心中的愤懑。但一吃味道还真不错，价钱也便宜，所以吃的人就越来越多。天长日久，就把这些长条条称作“油条”了。

成长在线

油条与化学

油条是我国传统的大众化食品之一，它不仅价格低廉，而且香脆可口，老少皆宜。

我国古代的油条叫做“寒具”。宋朝文豪苏轼在一首关于寒具的诗中是这样描写油条的形状和制作过程的：“纤手搓来玉数寻，碧油轻蘸嫩黄深；夜来春睡浓于酒，压褊佳人缠臂金”。这首诗把油条描绘得何等形象化啊！可当你们吃到香脆可口的油条时，是否想到油条制作过程中的化学知识呢？

油条的制作过程：首先是发面，即用鲜酵母或老面（酵面）与面粉一起加水揉和，使面团发酵到一定程度后，再加入适量纯碱、食盐和明矾进行揉和，然后切成厚 1 厘米，长 10 厘米左右的条状物，把每两条上下叠好，用窄木条在中间压一下，旋转后拉长放入热油锅里去炸，一根又松、又脆、又黄、又香的油条就炸好了。

粽子的由来

屈原是楚国贵族中的杰出人才。他精通历史、文学与神话，洞悉各国形势和治世之道；人聪明，口才也好；司马迁《史记》中说他“博闻强志”，“娴于辞令”。他 20 多岁就做了楚怀王的左徒。楚国的左徒比令尹只低一级，他对内和楚王讨论国家大事，发布号令；对外接待宾客，应付诸侯。楚王很信任他，还让他草拟法令，又让他出使齐国，联齐抗秦。由此可见，屈原曾是楚国兼管内政外交的重要官员。

但他的改革精神和措施，却招来了楚国贵族、大臣们的反对和嫉妒。反对者的代表就是楚怀王的宠妃郑袖、儿子子兰和上官大夫靳尚。这批人目光短浅、嫉贤妒能，只想维护自己的贵族特权，却把国家的长远利益置之脑后。可是他们的权势很大，整天围在楚怀王身边，左右怀王的言行。昏愦的楚怀王听信了谗言，渐渐疏远了屈原。

怀王十五年，张仪由秦至楚，以重金收买靳尚、子兰、郑袖等人充当内奸，同时以“献商於之地六百里”诱骗怀王，致使齐楚断交。怀王受骗后恼羞成怒，两度向秦

出兵，均遭惨败。于是屈原奉命出使齐国重修齐楚旧好。此间张仪又一次由秦至楚，进行瓦解齐楚联盟的活动，使齐楚联盟未能成功。怀王二十四年，秦楚定黄棘之盟，楚国彻底投入了秦国的怀抱。屈原亦被逐出郢都，到了汉北。怀王三十年，屈原回到郢都。同年，秦约怀王武关相会，怀王遂被秦扣留，最终客死秦国。顷襄王即位后继续实施投降政策，屈原再次被逐出郢都，流放江南，辗转流离于沅、湘二水之间。

顷襄王二十一年，秦将白起攻破郢都，屈原悲愤填膺，遂自沉汨罗江，以生命捍卫了自己的政治理想。当地人民闻讯从四面八方划船来救。一些慈善的老妇还特地从家里带来米食等物撒入江中，不使鱼虾损伤屈原的躯体。如此效法的人又用竹筒盛米，楝叶堵住竹筒，再用五色线缠好，据南朝梁吴均说，这是为了防止当粽子投江祭屈原时被神话中的蛟龙抢走。

最初的粽子叫“筒粽”，到了魏晋时代，端午吃粽子已极为普遍，人们的制作技艺也相应提高，煮食用菰叶包粘米、粟子、枣子及其他佐味品做成的粽子。后来人们用艾叶或苇叶包粽子，也是有来由的。

成长在线

粽子为什么要包成三角形

粽子是端午节的节日食品，古称“角黍”，传说是为祭投江的屈原而发明的，是中国历史上迄今为止文化积淀最深厚的传统食品之一。

粽子为什么要包成三角形呢？主要是因为：

一、用少量的材料就可以做。各地包的材料不太一样，但基本都是植物的叶子，要求叶子宽、长且有韧性，但毕竟是叶子，宽度有限。三角形包法只用1叶或2叶就能包成，而长方形大概就要用3、4片叶子。

二、形状比较合理。三角的粽子四个面都能用到完整的叶片，不需要多余的弯折。如果是方的，为使米饭不漏出来，那么任何一个面都需要与其他面衔接，都需要把叶子折起来内扣，叶子在顺着植物纤维方向有韧性，但垂直方向上是很容易扯破的，简单的说，包方粽子是包不住的。

三、包法简便。

受骗的国君们

最近，苏丹国王不知何故，闷闷不乐，有时脾气上来，对宫里的人非打即骂。大臣们急得团团转，想找一个能给国王宽心解闷的人。

卡拉高兹虽然是个穷人，但为人机智幽默、善解人意，经过大臣的引见来见国王。“你有什么学问和本领来见我?”国王问。“想必国王听说过，我是全世界最著名的撒谎专家。”国王说：“我不相信，世界上最能撒谎的人就是你！假如你能向我撒一个弥天大谎，使我不得不相信，我就送你 100 金镑。”“那好，您听着，”卡拉高兹说，“20 年前，有一天晚上，你的父亲和我的父亲及朋友们在一起打牌。你的父亲把钱输光了，向我的父亲借了 100 金镑。遗憾的是，他们两人都相继去世了，可是这笔钱却一直没有还给我家。”“你撒谎！这真是弥天大谎！谁相信你这套鬼话!”国王认真地争辩起来……最后，国王不得不给卡拉高兹 100 金镑。

无独有偶，在中国，也有这样的故事。

一位民间相士深得百姓敬佩，“相”名远播。赵王李德成听说后，想见识见识这位相士的本领，便令这位相士

前来。这位相士到来后，赵王看他其貌不扬的样子，很不以为然，便想出一个难题，考验考验相士的眼力。赵王令妻子滕国君穿戴歌女的服饰，混在歌女群中，让相士辨认。滕国君同其他歌女的穿戴完全相同，而相士又从未见过滕国君，要想从穿戴上认出她无异于痴人说梦。怎么办呢？这位相士想了一阵，突然说："滕国君的头顶上有一团黄色的云气。"话音刚落，只见有一女子仰头向上张望，其他女子都好奇地向这女子头上看去，相士立即辨认出这女子就是滕国君。

这位无名相士智"点"滕国君，用招之妙，真是让人佩服。

成长在线

心理分析法

心理是指人脑对客观物质世界的主观反应，心理现象包括心理过程和人格。心理学则是研究心理现象发生、发展和活动规律的科学。

在这二则故事中，卡拉高兹和相士都是非常巧妙地运用了心理分析法。他们准确地分析了国王和滕国君的心理活动和特点，判断出他们在当时的处境下，会下意识地产生怎样的心理和行为。于是，按照对他们的分析，设计出使他们能够有自己预料之中的行为，从而智赚国王、智"点"滕国君，达到最佳的效果。

“鬼苹果”

土豆现在早已成为人们生活中不可或缺的美味佳肴。然而当年，土豆刚从美洲引进法国的时候还发生了一个有趣的故事呢。

在欧洲其他各国早已经引进土豆的情况下，法国却在很长时间内都没有推广土豆的种植。原因到底是什么呢？原来，法国的宗教界称土豆为“鬼苹果”，只因它生长在黑暗的地下；医生认为土豆是在土里生长的，由于像附在根上的瘤，于是认为它可能对人体健康有害；农学家则断言由于土豆大量吸收土壤中的养分而会使土地变得贫瘠。所有的这些断言和假设都为“鬼苹果”披上了一层神秘的面纱。

有一次，著名的法国农学家安瑞·帕尔曼彻在德国当了俘虏。他在被俘期间有幸品尝了土豆，一尝之后不禁喜欢得无法言说，从此之后他便改变了对土豆的看法。回到法国后，他决心要在自己的故乡培植它，可是“鬼苹果”的害处在人们脑海中早已经根深蒂固。帕尔曼彻的嘴都要磨破了，也没能说服任何一个人接受他的意见。他苦恼极了，每天都闷闷不乐地坐在房间里想办法。他的妻子看到

他如此苦闷，就对他悄悄地耳语了一番，帕尔曼彻听后高兴地跳了起来。

第二天一大早，他就向国王请求要在一块低产田里种一种新奇的作物，并且要有卫队亲自把守。国王听完之后，还以为这位伟大的农学家要实验什么新品种，他连想都没想，便答应了他的请求。于是，帕尔曼彻就在这块出了名的低产田里栽种了第一批土豆。在土豆生长期间，一支身穿仪仗队服、全副武装的国王卫队日夜不停地看守着这块土地。过了一阵，地里平安无事，帕尔曼彻便告诉卫队卫士们可以休息了。一时间，早就受不了诱惑的人们都在晚上偷偷地来挖土豆，并把它们栽到自己的菜园里。就这样土豆在法国得到了推广。

帕尔曼彻在法国推广土豆显然是利用了人们的“逆反心理”。这种心理活动具有较强的抵触情绪。越是得不到的东西，越想得到；越是不好接触的东西，越想接触；越是不让知道的东西，越想知道。这种认识事物的内部驱动力是好奇心、诱惑力或神秘感。

成长在线

逆反心理

逆反心理是指，人们彼此之间为了维护自尊，而对对方的要求采取相反的态度和言行的一种心理状态。在青少年中，常会发现个别人就是“不受教”、“不听话”，常与教育者“顶牛”、“对着干”。这种与常理背道而驰，以反常的心理状态来显示自己的“高明”、“非凡”的行为，往往来自于“逆反心理”。

逆反心理表示这样的一种心理结果，即支持采取一种行动，结果却说服对方采取相反的行动。逆反心理在青少年成长过程的不同阶段都可能发生，且有多种表现。如对宣传作不认同、不信任的反向思考；对先进人物、榜样无端怀疑，甚至根本否定；对不良倾向持认同情感，大喝其彩；对思想教育及守则遵纪则消极对待、蔑视对抗等等。

奇特的海上旅客漂流瓶

有一天，一只叫宾斯的小老鼠在河边发现了一只精巧的瓶子。小老鼠不禁想：这只瓶子真漂亮，这么小巧！咦，怎么还会有盖子，一般废弃的瓶子都是没有盖子的，好奇怪啊！再仔细看看，恍惚之间还感到瓶子里面好像有什么东西似的。它小心翼翼地把瓶子捞了上来，打开瓶子一看，发现里面竟然有一封求救信。

信上说有一个可爱的小女孩被一个恶毒的巫婆骗走了。这个巫婆每天逼她干活，让她吃不饱穿不暖，稍不如意还把她关在一个很可怕的黑屋子里。这个屋子的周围都是水，水中还有很多凶恶的鲨鱼。小女孩想尽一切办法逃跑，但不是被鲨鱼吓了回来，就是被巫婆抓了回来。她虽然利用了每一次难得的求生机会，但结果都是一样悲惨。每逃一次，小女孩就会受到巫婆更为严厉的惩罚。小女孩真希望能有人来救她啊！信的最后说，她多么希望自己是一片树叶或花瓣，可以自由自在地随着水流飘走，那样她就可以获得自由了。

小女孩怎么会用瓶子装求救信呢？原来，巫婆有一次喝完牛奶后忘了把瓶子带走，小女孩就悄悄地把瓶子藏了

起来。当夜晚来临的时候，小女孩见巫婆睡熟了，就小心翼翼地趴在地上借着月光写了一封求救信。她将写好的信仔仔细细地看了又看，然后慢慢地把它放到瓶子里，狠劲地拧紧了盖子，最后悄悄地将瓶子扔到水里，送出了求救信。看了这封信，小老鼠想：都这么久了，小女孩不知道又要受多少苦呢？她肯定日思夜想盼望有人去救她呢！我不能置之不理。于是，它立即找到它热心的朋友，展开了一系列的营救行动。它们经历了千难万险，终于战胜了巫婆，救出了小女孩。

其实，利用流水传递信件的事情不仅仅发生在童话中，在现实生活中，也经常发生。1820 年 10 月，有人在大西洋西部放了一个瓶子，让它顺流而下，到了第二年 8 月却在英吉利海峡发现了它。更好玩的是，1957 年夏天，美国科学家在福罗里达将 8000 吨香水倒进了大西洋。到了那年年底，美国东北部韦特赫文附近的海面也变得香气扑鼻了。

成长在线

海洋班车——洋流

前面的故事，其实就是人们发现并利用洋流的过程。洋流就是海水沿固定路线有规律的运动。科学家认为，虽然影响洋流的因素很多，但是形成洋流的主要因素是定向风。定向风常年吹动，推动表层海水运动，而表层海水又带动下层和深层海水流动，最后形成规模庞大的风海流。

除了风，洋流的形成还与密度流有关。由于不同海域海水的温度、盐度和压力不同，造成海水的密度不同，从而使海水从密度高的海水区域，流向密度低的海水区域，就形成了密度流。

在洋流的交汇处，往往鱼的食物非常丰富，因此容易形成大渔场。另外，目前世界各国正在研究如何利用洋流发电。

马丁巧移杯子

马丁·加纳德是闻名世界的科普作家。他小时候就非常聪明，智力水平超乎常人的想象。在他读小学三年级的时候，有一天，数学老师在讲台上摆了一排塑料杯，对同学们说："这里共有十个杯子，右边五个是空的，左边五个装满红色的水。希望同学们能将空杯和装红色水的杯子相互交错排列，但你们只能动其中的四个杯子。"同学们叽叽喳喳地讨论开了，很快就解决了问题。他们将第二个和第七个、第四个和第九个杯子相互交换了位置。

老师把杯子摆回原样，继续说道："刚才大家的表现都不错，你们都很聪明，这回我要加大难度。这次我的要求和上次一样，但这一回只能动两个杯子。"这回可真是够难的了，小朋友们都安静下来，你看看我，我看看你，都在努力地想着办法。这时的马丁不像其他小朋友那样埋头沉思，而是在桌子上比比划划。

突然，马丁激动地说："老师，我想出来了！""啊？你真的想出来了，那就到讲台上给大家示范一下吧！"老师鼓励地说。马丁大踏步地走上讲台，拿起第二个杯子，把里面的水倒进第七个杯子，又拿起第四个杯子，把里面

的水倒进第九个杯子，空杯和装水的杯子正好相互交错排列。老师高兴地说："对，大家想问题时，不要钻牛角尖，一种方法行不通，就要换其他的方法。"说完，老师又拿出三个空杯和10片贝壳，说："现在，请把10片贝壳分别装进这三个空杯，条件是每个杯子里装的贝壳只能是单数。"

小朋友们这下可被难住了！他们有的歪着头望着窗外呆想；有的托着两腮想办法；有的干脆趴在桌子上，眼睛死死地盯着杯子和贝壳；有的还跑到讲台上亲手摆弄起来。可是无论如何都达不到老师的要求。这时，马丁从座位上站起来说："我有办法！"他走上讲台，把10片贝壳分别放进两个空杯子里，这样每个杯子里都有5片贝壳，然后他将其中一个装有5片贝壳的杯子套在第三个空杯里。老师十分高兴，问他是如何想到这个办法的。马丁说："按照常规思路，这是不可能办到的，但是如果换个角度思考，就可以找到答案了。"

成长在线

转换思维方法

思维方法是解题的关键，思维方法的转换往往能使人茅塞顿开，突破思维定势，从山穷水尽的困境，走进柳暗花明的坦途。

有一种逆向思维，就是从常规顺（正）向思维相反的方向思考问题，也就是倒过来想一想，它就是一种创造性的科学方法。在物理学史上，法拉第由电生磁逆向思考，想到磁能不能生电？从而发现了具有化时代意义的电磁感应定律。

著名数学家华罗庚说过："把一个比较复杂的问题（退）到最简单最原始的问题，把这个最简单最原始的问题想通了，想透了，然后再来一个飞跃上升。"这句话非常精辟地阐述了一种思维方法。这里退是为了进，退够了，推到起始点，正是为了看清问题的一般规律，以便更好地解决问题。

拿破仑败于黄金分割线

0.618，一个极为迷人而神秘的数字，它还有着一个很动听的名字——黄金分割律，它是古希腊著名哲学家、数学家毕达哥拉斯于2500多年前发现的。古往今来，这个数字一直被后人奉为科学和美学的金科玉律。在艺术史上，几乎所有的杰出作品都不谋而合地验证了这一著名的黄金分割律，无论是古希腊帕特农神庙，还是中国古代的兵马俑，它们的垂直线与水平线之间竟然完全符合1比0.618的比例。

也许，0.618在科学艺术上的表现我们已了解了很多。但是，你有没有听说过，0.618还与炮火连天、硝烟弥漫、血肉横飞的惨烈、残酷的战场也有着不解之缘，在军事上也显示出它巨大而神秘的力量？0.618不仅在武器和一时一地的战场布阵上体现出来，而且在区域广阔、时间跨度长的宏观战争中，也得到充分的展现。

一代枭雄拿破仑大帝可能怎么也不会想到，他的命运会与0.618紧紧地联系在一起。1812年6月，正

是莫斯科一年中气候最为凉爽宜人的夏季，在未能消灭俄军有生力量的博罗金诺战役后，拿破仑于此时率领着他的大军进入了莫斯科。这时的他可是踌躇满志、不可一世。他并未意识到，天才和运气此时也正从他身上一点点地消失，他一生事业的顶峰和转折点正在同时到来。后来，法军在大雪纷扬、寒风呼啸中灰溜溜地撤离了莫斯科。三个月的胜利进军加上两个月的盛极而衰，从时间轴上看，法兰西皇帝透过熊熊烈焰俯瞰莫斯科城时，脚下正好就踩着黄金分割线。

1941 年 6 月 22 日，纳粹德国启动了针对苏联的“巴巴罗萨”计划，实行闪电战，在极短的时间里，就迅速占领了的苏联广袤的领土，并继续向该国的纵深推进。在长达两年多的时间里，德军一直保持着进攻的势头，直到 1943 年 8 月，“巴巴罗萨”行动结束，德军从此转入守势，再也没能力对苏军发起一次可以称之为战役行动的进攻。被所有战争史学家公认为苏联卫国战争转折点的斯大林格勒战役，就发生在战争爆发后的第 17 个月，正是德军由盛而衰的 26 个月时间轴线的黄金分割点。

成长在线

黄金分割点

0.618，这一比值，可能是一种偶然吗？当然不是。科学家告诉我们，这一特殊的比值遵循着数学上的黄金分割律。那么，什么是黄金分割呢？

早在公元前 4 世纪，古希腊数学家攸多克萨斯，就曾经研究过这样一个问题：如何在线段 AB 上选一点 C，使得 AB：AC＝AC：CB？这就是赫赫有名的黄金分割。黄金分割中的 C 点，可以使物体呈现出均匀和美观。但 C 点应该选在哪里呢？

假设线段 AB 的长度为 1，C 点到 A 点的长度是 X，那么 C 点到 B 点的长度就是（1－X），于是 1：X＝X（1－X），解这个方程式，得出 X＝0.618，取这个值就能确定唯一满足黄金分割的点，所以被称为黄金分割点。可见，黄金分割点是经过严密的数学论证求出的。

曹冲称象

三国时期，吴王孙权送给曹操一只大象，曹操听后十分高兴。大象运到许昌那天，曹操带领文武百官和小儿子曹冲，一同前去观看。他们怎么对大象这么感兴趣呢？原来，曹操和手下的人都没有见过大象，他们对它都很好奇。这大象又高又大，光腿就有大殿的柱子那么粗，人走近去比一比，还够不到它的肚子。

曹操对大家说："这只大象还真是大，可是到底有多重呢？你们当中有谁有办法称它一称？"嘿！这么大个家伙，可怎么称呢！大臣们纷纷议论开了。一个说："只有造一杆顶大顶大的秤来称。"另一个说："这可要造多大的一杆秤呀！再说，大象是活的，也没办法称呀！我看只有把它宰了，切成块儿称。"他的话刚说完，所有的人都哈哈大笑起来。大家说："你这个办法呀，可真是笨极了！为了称重量，就把大象活活地宰了，这不太可惜了吗？"大臣们想了许多办法，一个个都行不通。

这时，曹冲走到曹操的跟前说："爸爸，我有个办法可以称大象的重量。"曹操一看，正是他最心爱的儿子曹冲，就笑着说："你小小年纪，有什么法子？你倒说说，

看有没有道理。”曹冲把办法说了。曹操一听连连叫好，吩咐左右立刻准备称象，然后对大臣们说：“走！咱们到河边看称象去！”

众大臣都跟随曹操来到河边。河里停着一只大船，曹冲叫人把象牵到船上，等船身稳定了，在船舷上齐水面的地方，刻了一条道道。再叫人把象牵到岸上来，把大大小小的石头，一块一块地往船上装，船身就一点儿一点儿往下沉。等船身沉到刚才刻的那条道道和水面一样齐了，曹冲就叫人停止装石头。大臣们睁大了眼睛，起先还摸不清是怎么回事，看到这里不由得连声称赞：“好办法！好办法！”现在谁都明白，只要把船里的石头都称一下，把重量加起来，就知道象有多重了。曹操自然更加高兴了。他眯起眼睛看着儿子，又得意洋洋地望望大臣们，好像心里在说：“你们还不如我的这个小儿子聪明呢！”

成长在线

浮力与重量

曹冲称出大象的重量利用的就是浮力原理。原来，水对任何浸在其中的物体都有浮力作用。因为物体的重量不一样，所受浮力的大小也不一样。

根据阿基米德定律，浸没在液体中的物体，所排开的液体的重量等于自身的重量。所以，载有大象的大船因为大象的重量作用，比空船在水中浸没的就要深一些。把大象换成石头后，当水面和作为记号的线相齐时，船中石头的重量就和大象的重量相等了。看来，早在三国时期，人们已经学会使用浮力原理了。现在，随着人们认识水平的提高，浮力原理在很多领域都发挥着不可估量的作用。

文彦博取球

北宋时期，有一位著名的学者叫文彦博。他从小聪颖异常，经常为大家解决难题。有一天，他和几个小朋友在离家不远的树林边一起踢皮球。几个小朋友叽叽喳喳地抢来抢去，一时间好不热闹。突然，有个小朋友把球抢到了手，抬腿一脚就把皮球踢到了半空中，球落到地上，骨碌碌地滚进了一个树洞里。大家急匆匆地跑到树洞的前面，睁着小眼睛往里看。可是这个树洞很深，里面黑乎乎的，根本什么也看不见。小朋友们着急了，他们你一言我一语地商量着怎么才能把皮球拿出来。

“哎呀，我想到了一个办法，”一个小朋友高兴地说，“我们可以用竹竿把皮球挑出来。”“对对，你快去拿竹竿，我们等你。”大家都异口同声地说。这个小朋友得到大家的赞同，非常高兴，便飞快地跑回家拿来一根长长的竹竿。“竹竿拿来了，竹竿拿来了！”他一边跑一边大声地喊。大家一看到他把竹竿拿来了都非常高兴，其中一个孩子顺手拿过他手里的竹竿，把它伸进树洞里。可是，树洞里面弯弯曲曲的，竹竿碰到的只是树洞的内壁，根本就伸不到洞底，更不要说碰到皮球了。

文彦博在旁边仔细地看着，不禁暗自着急：这可怎么办？球圆溜溜的，用竹竿肯定不能把球拿出来。究竟用什么办法好呢？其他的小朋友都在帮着用竹竿拿球，只有文彦博呆呆地站在树洞边。忽然他大声地对大家说："我有办法了！大家快去打些水来！"大家听他这么一喊，都停了下来。其中有一个有个小朋友奇怪地问："哎，文彦博，打水干什么啊？拿球好像也用不到水吧！""怎么用不着，我们只要往树洞里灌满了水，球不就乖乖地浮上来了。"

大家一听，都觉得这个办法更好。于是都纷纷跑回家找来水桶和盆，在附近的小河里盛满了水，把水倒进了树洞里。他们来来回回地忙个不停，不一会，树洞里的水就溢出来了。果然，皮球浮在水面上，漂到了洞口，大家一伸手就拿到了。这时，小朋友们虽然累得满头大汗，但都异口同声地夸赞起文彦博来。

后来，文彦博成人之后，利用自己的聪明才智为百姓办了许多好事，还当上了朝廷的宰相。

成长在线

能漂浮在水面上的物体

轮船能在海上航行，运动员能在水上冲浪，浮标能浮在水面……这都是因为包括水在内的所有液体都有浮力。但是你一定发现了，象铁块、铅块等金属却无法浮在水面上，这是为什么呢？

根据浮力定律，物体所受的浮力和所排开液体的重量相等。那么，当物体所受的浮力比它本身的重量小时，就会沉没了。

例如，人在空气中所排开的空气重量，远远小于人体的重量，所以人浮不起来。氢气球在空气中所排开的空气重量，要大于氢气球本身的重量，所以氢气球在空气中可以浮起来。而皮球在水中所排开水的重量，要比皮球的重量小得多，所以文彦博就能把皮球取出来了。

爱迪生智救妈妈

一个大雪天的下午。妈妈在厨房里忙着收拾家务，爱迪生的小脑瓜正贴着玻璃看外面飘飘扬扬的雪花。突然，爱迪生听见厨房里有杯盘落地的声音，他连忙跑了过去。进到厨房一看，只见妈妈两手捂着肚子痛苦地蹲在地上。他不禁晃动着妈妈的肩膀，大声地喊道："妈妈，妈妈，你怎么了？你怎么了？"妈妈的额头上直冒冷汗，有气无力地说："我肚子疼，快去叫你爸爸。""妈妈，你挺住，我先扶你到床上躺一会。"说完，小爱迪生就吃力地搂着妈妈的腰向卧室走去。

爱迪生让妈妈平躺到床上，连雨伞都没拿就冲进了雨中。不一会，爸爸就领着医生来了。经过医生的诊断，妈妈得的是急性阑尾炎，需要马上手术。当时，还没有发明电灯，油灯的光线很暗，用油灯照明做手术非常危险，医生担心病人出现意外，不敢擅自动手术。妈妈在床上痛苦地呻吟着。爸爸用手紧紧地抱着妈妈的头，时不时地给妈妈擦擦脸上的汗珠，眼里充满了焦急，他一时也不知怎么办才好。爱迪生悄悄地站在一旁焦急地看着妈妈，时间一分一秒地过去了，爱迪生的手心都冒出了汗。

爱迪生想，要是把光线聚合在一起多好啊！想到这里，他忽然心头一亮："我有办法了！"说完，他把大衣柜的镜子七手八脚地拆了下来，又急匆匆地到小伙伴家里借了三面大镜子和一些蜡烛、油灯。父亲和医生看着他跑出跑进，都不知道他葫芦里卖的什么药。小爱迪生抹抹脸上的汗水，又把这些镜子和蜡烛、油灯放在了床四周，然后挨个调整好，使镜子里反射出来的光聚合在一起，这样，光线就既充足又柔和了。父亲和医生这才明白爱迪生的用意。

在充足的光线下，医生顺利地做完了手术。医生摸着他的头高兴地说："孩子，是你用智慧救了你妈妈啊！你真是聪明的好孩子！"妈妈醒来后，虚弱的脸上露出了自豪的笑容。爱迪生拉着妈妈的手，一本正经地说："妈妈，晚上没有太阳多不方便，我要造一个晚上的太阳。"后来，爱迪生通过不懈地努力，终于发明了电灯。

成长在线

光的反射

当光照射到一种物体的表面时，一部分光被反射回来的现象就叫做光的反射。在日常生活中，当我们迎着太阳看平静的湖面，有时会感到水面特别亮，当我们坐在教室里，有时会看到黑板反光。这些现象都是一些表面很平滑的物体发生的反射，又叫做镜面反射，即射到物体表面的平行光反射后仍然平行。还有一种发生叫做漫反射，是由凹凸不平的物体反射光线产生的，射到这种物体表面上的平行光向着不同的方向反射，但每条光线仍然遵守光的反射定律。

光的反射作用对人们的生活、生产有益也有弊。我们能看到五光十色的世界，生活中用平面镜观察面容，这些都多亏了光的发射作用。但是，城市里高楼大厦的玻璃幕墙、釉面砖墙反光造成的污染，又给人们的生活带来了烦恼。

阿基米德打击敌人

有一次，强大的罗马军队来攻打阿基米德的祖国叙拉古。阿基米德指导同胞们制造了很多攻击和防御的武器。当侵略军首领马塞勒塞率众攻城时，他设计的投石机把敌人打得哭爹喊娘；他制造的铁爪式起重机，能将敌船提起并倒转，抛至大海深处。在阿基米德的帮助下，叙拉古军队多次挡住了罗马军队的猖狂进攻。

这天，罗马军队又开始大规模地攻城了。叙拉古人进行了拼死的抵抗，但情况依然十分危急。突然，守城的士兵发现城南远处的海面上，黑压压的一片罗马人的战船正乘风破浪向城边压来，他慌忙把这个情况向阿基米德做了报告。阿基米德听后不禁大吃一惊，连忙来到南城门上。

他向海面凝视了片刻，又抬头望望天空，只见骄阳似火，万里无云。他眉头一皱，计上心来。他连忙向守城的将军说："你赶紧让全城的妇女带上自己的梳妆镜，到南门外集合，要快!"守城的将领听后也不管阿基米德到底是什么用意，就一溜烟地跑着召集人去了。不一会，妇女们都带着梳妆镜步履匆匆地赶来了，阿基米德马上向她们吩咐了一番。

罗马人的舰队渐渐地逼近了叙拉古，他们吃惊地发现城头上并没有守兵。不一会，从大开的城门中走出许许多多衣着光鲜的妇女，罗马人都看花了眼睛。这些妇女们飘然走到海滩，有的靠近水边，有的爬上了礁石。罗马人以为她们都是出来投降的，不禁欣喜若狂。

这时，海边的妇女们排成弧形，每个人都拿出了一面镜子。似火的阳光照射在镜子上，立即反射出一束束强烈的光芒。不一会儿，这些光束渐渐集中到了罗马人的船上，正好对准桅杆上的白帆。很快，罗马人就慌张起来，因为他们闻到了焦糊味，那白帆腾地燃烧起一团团烈火。接着，帆绳、桅杆也都着了火，火苗四处乱窜，很快就蔓延到整个船队。罗马人慌作一团，死的死，伤的伤，最后大败而归。罗马士兵在这频频的打击中已经心惊胆战，草木皆兵。以后一见到有绳索或木头从城里扔出，他们就惊呼“阿基米德来了”，随之抱头鼠窜。就这样，罗马军队被阻在城外达三年之久。

成长在线

神奇的凹面镜

在这次战役中，阿基米德利用的是光线的可逆原理，利用许多面镜子，将那些平行的太阳光聚集在一起。似火的阳光放射出的无数光束经过这些镜子一集中，其热度不亚于一团火。骄傲而无知的罗马人又怎么会知道阿基米德的妙计呢？没把他们烤熟就算是幸运的了。

1747 年，法国科学家不韦将 360 面边长是 15 厘米的正方形镜子拼成一个大凹面镜，将阳光聚集起来，使 70 米外的一堆木柴燃烧起来，烧熔了 18 米外的银和 30 米外的铝。

20 世纪 70 年代，在当年阿基米德曾经用镜子火烧战船的地方，欧洲九个国家决定联合修建一座太阳能电站，这项工程所利用的原理，就是当年阿基米德指挥妇女们打败敌舰的原理。

苹果落地之谜

1666年秋季的一天，英国一个20多岁的小伙子坐在一棵苹果树下专心地看着书。苹果树叶在微风的轻拂下发出沙沙的声音，满树的绿叶红果，看起来非常漂亮。细细一闻，连这里的空气都充满了苹果的清新香气。他是谁，为什么这么刻苦？原来，他就是大科学家牛顿，他正坐在树荫下看一本他最喜爱的理论书籍。

忽然，只听“啪”的一声，一个熟透的苹果从树上掉了下来，正好击中了牛顿的脑袋，然后远远地滚落在一旁。牛顿感到好奇怪：究竟是什么东西打了我的脑袋？我得好好看看。想到这儿，他抬头看了看，一眼就看到了一个红通通的苹果。牛顿信步走到苹果跟前把它捡了起来。他仔细一看，苹果的一个部位确实有碰撞的痕迹，牛顿不禁笑了。原来是小小的苹果砸了我的脑袋啊，我还以为是什么东西呢！

牛顿看着苹果这么诱人，就顺手在衣服上擦了擦，然后大口咬了下去。他嘴里吃着苹果，大脑却飞速地运转着：苹果为什么不往天上飞，却偏偏要落到地上呢？如果说苹果有重量，树枝支撑不住它的重量而落下来，那么重

量又是怎么产生的呢？他猜测，大概是地球有某种力量，能把一切东西都吸向自己。物体之所以会具有重量，也可能是受地球吸引而产生的。这说明苹果和地球之间存在着相互引力，可能这种引力在整个宇宙空间都是存在的。

牛顿继续思考着：如果地球的引力确实存在的话，那么月亮是否也受到地球引力的影响呢？月亮总是按照自己的轨道围绕地球旋转，而不会跑到别的地方，不正是地球引力的作用吗？他又进一步推想：各个行星之所以能按照一定的轨道围绕太阳运转，必定也是太阳对它们有吸引力的作用。

带着这些思考，牛顿经过严密的论证，终于提出了万有引力定律。牛顿一生有许多突出的成就，而万有引力定律的发现被认为是他在自然科学领域中取得的最辉煌的成就。当他年老时，声称正是这一偶然事件激发了他一生伟大发现的灵感。

成长在线

万有引力

宇宙中任何两个物体之间都存在相互吸引力，这就是万有引力。万有引力是自然界存在的四种基本力之一。万有引力定律说明：任何两物体间相互吸引力的大小，和它们质量的乘积成正比，与他们之间距离的平方成反比。

地球和其他行星之所以能绕太阳旋转，就是它们和太阳之间有引力的作用，地球上物体的重量就是因为地球对物体的万有引力而产生的。

万有引力定律最有意义的贡献是：为实际天文观测提供了一套计算方法，只凭借少数的观测资料，就能算出天体运行的长轨道周长，从而免去了过去冗长的计算，计算结果还非常精确可靠。利用这一理论，人们预测出海王星的位置并发现了这颗行星。直到今天，这一定律仍是最精密可靠的基本定律之一，也是天体力学和宇宙航行计算的基础。

小瑞利的发现

瑞利是英国著名的物理学家。他从小不但聪明伶俐，还非常爱动脑筋。

瑞利小的时候，有一天，家里来了几位客人。母亲热情地叫客人坐在沙发上，自己便去厨房烧水沏茶。不一会，水开了，母亲沏好了茶，就把小茶碗放在了精致的小碟上，亲自端给客人。为了避免把茶溅出来，她用双手小心翼翼地捧着碟子，但茶碗好像故意和她过不去似的，滑动得更厉害了，一不小心还洒出来一些热茶，差点烫着她的手。

小瑞利看到妈妈差点被烫着了，就大声地说道："妈妈，你小心些。"母亲爱怜地看了看他，笑着说："宝贝，没关系，茶水不会再溅出来了。"小瑞利听妈妈这么一说，眼睛便直勾勾地望着母亲手里的茶碗和碟子，他在想：母亲刚开始端茶的时候，茶碗很容易地在碟子里来回地滑动。现在洒出来了一些热茶后，茶碗却好像黏在了碟子上一样。这时，即使母亲大步流星地走路，茶水也一滴都没有洒出来。这到底是怎么回事呢？

这本来是一件日常生活中很普遍的事，瑞利却注意到

了它的不同寻常。他看见客人在和母亲聊天，没有自己的事，便悄悄溜进了厨房。他在厨房里找出一些茶碗、碟子、玻璃瓶、玻璃板之类的东西，不停地摆弄来摆弄去。他发现这些东西本身并没有什么出奇的地方，于是就在它们之间进行了洒水和不洒水、洒油和不洒油的区别实验。

经过反复的实验、分析，小瑞利终于对这一现象做出了正确的解释：茶碗和碟子看上去很干净，但表面总会沾有手和抹布上的油。这样，它们之间的摩擦力就会减小，因此容易滑动。当碟中洒上热茶后，油被热茶溶解或冲走，它们之间的摩擦力就增大了，因此不容易滑动。客人走后，小瑞利高兴地把这个发现告诉了妈妈，妈妈兴奋地抱着他转起圈来。小瑞利的笑声响遍了整个房间。转了几圈后，妈妈把小瑞利轻轻地放到地上，激动地说："宝贝，你真是天底下最聪明的孩子，你是妈妈的骄傲！"说完，给了他深深一吻。

后来，瑞利继续研究，终于得出了油对固体之间的摩擦力影响很大的结论，并指出可以用油来润滑固体表面，以减少摩擦。

成长在线

无处不在的摩擦力

一个物体在另一个物体表面运动时，在两个物体接触面会产生一种阻碍运动的力——摩擦力。

在生活中，摩擦力做了很多坏事：家里的地板砖上美丽的花纹因为各种摩擦，最终会变得面目全非，失去光泽；机器的轴与轴承之间，因为摩擦，轴被磨得越来越细，最终使机器不得不报废……

但是这些与它做的好事相比，就微不足道了。假定摩擦力从这个世界上突然消失，那么你只要一走路，就会摔倒；汽车发动起来，就再也停不了；你的裤子刚系上裤带，就又掉下去了……

摩擦力在我们的日常生活中无处不在：手握瓶时有摩擦力；汽车行驶时有摩擦力；人推桌子时有摩擦力；体操运动员上场前，也要在掌心抹上镁粉，以增加掌心和器械之间的摩擦……

高斯号南极历险

1903 年，高斯号探险船历经千难万险终于抵达了南极洲，这时极昼才刚刚开始。就在探险船努力前行的时候，天地间突然刮起了一场罕见的暴风。只见狂风肆虐，一时间探险船无法行驶，只好被迫停了下来。等到暴风过后，队员们再想开船的时候，却发现船已经冻在了冰上，丝毫动弹不得。

探险队员们看到这种情况不禁大惊失色。他们怎么会如此惊讶呢？原来，在南极，如果探险船不能继续前进，人们就会被活活冻死。而现在唯一逃生的可能就是必须打开约 1000 米长、10 米宽的航道，船才能航行到没有结冰的海面上，从而脱离困境。

船长立即把所有的船员都召集在一起，让大家集思广益，各抒己见。船员们一个个眉头紧锁，低头沉思起来。这时，忽然有个队员说："如果想让船继续前行就得破冰，我们现在不是有炸药、电钻和锯子之类的东西吗，大家都动起来，看能不能打开一条航道。"大家一听，你看看我，我看看你，也不知道这样办行不行。这时，船长说话了："我们死马当作活马医吧，怎么也不能活活地困死在这里，

大家加把劲啊！”大家听船长这么说，另外也没有合适的办法，就各拿家伙奋力地干了起来。但是因为温度太低，这里的冰刚破开，那里的冰还没有来得及破，就又冻上了。无论怎样努力，全都无济于事。

大家看到辛辛苦苦的劳动没有获得任何回报，都沮丧地把手里的家伙扔在一边，气喘吁吁地生起闷气来。正在大家一筹莫展的时候，一个船员突然大声地喊道：“我有办法了！我有办法了！这个办法肯定能行！我们可以把船上的煤渣、煤灰等深黑色垃圾铺到冰面上，而这不落的太阳正好能帮忙，使冰化开。”这样就能使冰化开？船员们都觉得莫名其妙，但在束手无策的情况下，也只得豁出去试试了。于是，船里所有的人员都动了起来，把船上的煤渣、煤灰等深黑色垃圾都铺在船的周围，以及通向没结冰海水的那段冰面上。然后，大家便耐心地等待着。

几天过去了，在柔和的斜阳照射下，垃圾下面的冰层终于慢慢变薄融化了。大家都异常兴奋，他们按捺不住心中的喜悦，一起把那位船员抬起来，抛向空中……

成长在线

吸光的深黑色物体

这位船员的锦囊妙计来自哪里呢？原来，他曾读过美国著名科学家富兰克林的一本书，书中记载了他首先发现的一个规律：在太阳照射下，深色的物体比浅色的物体升温快。这是为什么呢？从物理学角度看，当阳光照射在物体上时，物体的颜色是由物体反射、吸收、通过的光线决定的：反射某一种光线则呈该光线的颜色，例如只反射红光，就呈红色；反射全部光线则呈白色，例如白纸；吸收全部光线则呈黑色，例如黑布；能透过全部光线的物体则呈透明状，没有任何颜色，例如纯净的水。南极的阳光虽然并不温暖，但仍然是有热量的，可是当它们照射在白色的冰雪上时，几乎全都被冰雪反射掉了，所以冰不会融化。当冰上铺了煤灰等黑色垃圾后，太阳光几乎全被吸收了，吸收后热量传给冰雪，冰雪便开始升温融化了。我们冬天喜欢穿黑色或深色的衣服，而夏天喜欢穿浅色或白色的衣服，就是这个道理。

玻璃中的气泡

1916 年春天，正是第一次世界大战的关键阶段。有一天，一艘俄国小船悄悄地驶进英国的一个港口。不一会，船停了下来，几个俄国学者大步流星地从船上下来，然后搭乘汽车直奔伦敦，急切地去拜会英国负责生产军火的大臣。是什么事让他们如此着急呢？原来，他们是想获得光学玻璃的生产技术。

光学玻璃常常是精密仪器的组成部分之一，对于战争的胜败至关重要。望远镜、照相机、放大镜、显微镜、潜望镜、测量器的镜头都离不开它，否则飞机、坦克、潜水艇等配备的光学仪器都将无法使用。

当时，能生产光学玻璃的国家只有英国、法国和德国。战争中的德国自然不会转让这项技术，而法国正处于德国的猛烈进攻下，所以俄国人首选英国。但是，英国大臣虽然热情地招待了他们，却婉言谢绝了他们的请求。这几个学者被逼无奈，只得又千里迢迢地赶往战火纷飞的法国。

当时法国的情况十分危急，他们正期待着俄国的援助。法国总统热情地接待了他们，并亲自陪他们去见掌握

这一技术的制造商曼杜阿。但是，尽管俄国人开出了100万法郎的天价，曼杜阿却无论如何也不肯出卖这项技术，就是法国总统对此也毫无办法。

俄国人虽然屡次碰壁，但毫不灰心。

他们又重新返回了英国。踏上英国的国土后，几个人就分头打听了解这项技术的人员。经过一番艰苦的努力后，他们终于找到了拥有这项技术的谦斯兄弟。他们立即同谦斯兄弟进行了秘密的商谈。经过几次三番的交涉和利益的诱导，谦斯兄弟俩终于在一个特许的条件下同意了俄国学者的请求。这个条件就是：俄国政府给他们25年的特权。

谦斯兄弟终于告诉了他们历经千难万险寻找的技术。这个100万法郎也买不到的秘密就是——搅拌！熬熔玻璃液时必须不停地搅拌！看着这个来之不易的秘密，俄国学者真是哭笑不得。

万能的妙招——搅拌

说到搅拌，稍有生活经验的人都不会陌生。想喝水时，用筷子或勺子搅一搅滚烫的开水，能加快它的冷却。

平时，我们服用某些药物时，医生常嘱咐要摇匀后服用。要想把白糖等固体溶入水中，搅拌能使它更快溶解。人们早期用反射炉炼钢时，也必须不停地搅拌铁水，使之能与空气充分接触，达到脱碳的目的……

搅拌能使原料混合均匀、温度一致、传热加快、反应充分、颗粒分散。的确，搅拌是生产光学玻璃的关键技术。虽然简单，但非常有效。因为搅拌可以使原料混合均匀，气泡不断从玻璃中溢出。经过这道工序后，玻璃的质地就会变得均匀、晶莹剔透。

王水中的诺贝尔奖章

1943年底，第二次世界大战正在激烈地进行。尼尔斯·玻尔是丹麦著名的科学家，但因为他母亲是犹太人，他便遭到法西斯的搜捕。这天，丹麦的反法西斯组织派人秘密地告诉玻尔，德国法西斯准备对他下毒手了，让他接到通知后立即转移。

玻尔开始迅速地收拾行装。当他把随身的衣物整理好后，就信步走进了实验室。他的目光久久地停在了试验台上。他为什么会目不转睛地注视试验台呢？难道试验台上还有他留恋的东西？的确如此，在试验台上放着一枚来之不易的诺贝尔金质奖章。20年前，因为他在原子结构和原子发射谱线方面取得的突出成就，瑞典国王亲自把这枚熠熠发光的奖章颁发给了他。

玻尔很想带走这枚奖章，但万一被人发现，就会暴露自己的身份，后果将不堪设想，而且由此还会连累很多人。可是如果把它留给敌人，又实在不甘心。他在争分夺秒地想着办法。突然，他的目光落在了一个试剂瓶上。“啊，有了！”他激动地叫了起来。原来，那瓶子里存放着做实验用的王水。玻尔顿时有了主意，他把金质奖章小心

地放进了那瓶试剂里，奖章变得越来越小，越来越小，最后竟消失了。这时的王水却依然晶莹剔透。玻尔看着已经溶化了的金质奖章，长长地舒了口气，他立即把这个珍贵的瓶子放在一个不起眼的地方，然后走进了茫茫夜色……

1945 年，第二次世界大战结束后，玻尔又回到了实验室。令玻尔高兴的是，那瓶王水还在，而且一如从前那样清澈。玻尔把一块铜轻轻地放入王水中。渐渐地，铜块越来越小，越来越小，最后竟完全消失了，随之而来的却是一块黄金。他所看到的黄金正是铸成那枚奖章的全部金子。玻尔欣喜望外，立即取出金子，请人重新铸成了和原来一模一样的奖章。

为什么王水会溶化金子呢？原来所谓的王水是一种浓酸，这种酸的腐蚀性很强，奖章放到里面的时候，浓酸将奖章溶化了，放入的铜块又将奖章从浓酸里置换出来。玻尔就是利用了化学上的一个化学反应——置换反应，把奖章安全地保护下来了。

成长在线

王水的奥秘

王水又称王酸，是一种腐蚀性非常强、黄色冒烟的液体。它是一种硝酸和盐酸组成的混合物，混合比例为1∶3。王水是少数几种能够溶解金和铂的物质，这也是它的名字的由来。硝酸是一种非常强烈的氧化剂，可以溶解少量金。盐酸则可以与溶液中的金离子反应，形成氯金酸，使金离子离开溶液，这样硝酸就可以进一步溶解金了。当玻尔把铜放入含有氯金酸的王水中，铜在化学反应下，把金从氯金酸中置换了出来，所以黄金又回到了他的手中。

弹指虾的迷惑

二战期间的一天，美国海军某港口的监听装置突然发现了“噼噼啪啪”的声音。众人一听马上紧张起来，他们还以为是敌人的潜艇，可是再仔细一听，又不像是潜艇。于是美国海军便派出潜艇查找声音的来源。这一找才发现，原来是成群的弹指虾在附近发出的声音。众人知道是弹指虾在作怪，就没有把这件事放在心上。可是过了不久，这个港口却受到了日军潜艇的突然袭击，蒙受了巨大的损失。

美国海军为什么会如此掉以轻心呢？原来，在二战期间，日本在成功偷袭了珍珠港后，美国驻太平洋的海军就加强了防备，在停泊舰队的港口水下安置了世界上最先进的监听器，用来防备日本潜艇的偷袭。日军潜艇难以接近美国舰队，美军也因此高枕无忧了。他们不相信日军会在如此发达的高科技面前还能要什么花招。

日军知道美军配备了先进的监听器，就想方设法寻找解决问题的办法。经过一次又一次的寻觅，最后他们终于从纳粹德国的军事情报中得到了启发。原来，德国曾经研制了一种听到舰艇的马达声就会自动引爆、炸毁敌舰的音

响水雷，目的就是为了封锁敌人的海上航道。可是在不久以前，这些水雷却无缘无故地自己连续爆炸，不但没有炸到敌人的舰艇，还给德军造成了资源的极大浪费。经过认真调查后他们发现，给德军重创的原来是一群能发出像弹指声音的弹指虾，是它们成群结队地游经水雷附近时引爆了水雷。

这条消息让日军欣喜若狂。它们立即出动军舰，大批量地捕捞弹指虾，还故意散布假情报，说军队的食物匮乏，士兵缺乏营养，只好捕捞小虾用以改善伙食。不久，在太平洋的海面上，就出现了一种怪现象，海军一夜之间都变成了捕鱼的渔民。殊不知，日军把这些弹指虾集中起来，悄悄地投放到了美国舰艇停泊的海域。随后，无数的弹指虾发出的声音淹没了潜艇的声音。结果，日本潜艇靠弹指虾的掩护，悄悄地靠近了美国舰队，向美国军舰发射鱼雷，致使美国舰队遭到重创。

成长在线

水下电话——声呐

在上面的故事中，舰艇的监听器其实就是一种声波对抗器——声呐。声呐是声音、导航、测距三个英文单词的缩写。它的主要作用是探测潜艇和防止潜艇的攻击，或者对潜艇进行攻击。

世界上第一部军用声呐是法国著名物理学家保罗·郎之万发明的。当时运用于二次大战中对德军潜艇的探测。这种声呐当时也叫回声定位仪和水声换能器，就是把电能转换成声波向水中发射，或把水中的声波转换成电能的一种电声呼唤装置，一般都可以收发两用。当潜艇悄悄地潜航过来时，发动机所发出的声响实际上就像给反潜人员打了个电话一样。有声呐，当然也会有对抗声呐。日军利用弹指虾就是一种对抗手段。另外，对抗声呐装置包括侦查声呐和干扰器材。侦查声呐用于侦查潜艇的方位和潜艇上声呐的工作频率和信号形式。干扰器材则能发射出干扰信号或制造某些假信号进行干扰和欺骗，以破坏敌方的声呐。

鹞鹰捉兔子

辽阔的原野上，一条良种猎狗正在紧紧地追赶一只野兔。猎狗离兔子越来越近，越来越近，眼看就要追上了，突然，一只鹞鹰从天而降，猛地向兔子扑去。猎狗看到马上就要到嘴的猎物就要被鹞鹰抢去，便凶猛地向这位不速之客扑咬过去。鹞鹰见势不妙，直直地窜上天空。猎狗无奈地看了一眼鹞鹰，吐了吐舌头，又去追赶野兔。

然而，此时兔子离猎狗的距离已经比刚才远多了，而鹞鹰也始终没有放弃自己想要的猎物。只见鹞鹰先在空中急速地飞行，等到了兔子上空的时候，突然箭一般地俯冲而下，张开锐利的双爪，迅猛地向野兔抓去。它利落地抓起野兔后，再次直冲向天空，随后振翅飞走了。地下只留下气喘吁吁伸着舌头的猎狗。

1982年，英国和阿根廷在马岛发生了激烈的冲突。随后英国派遣“史诗女神”号护卫舰，用武力强行占领了马岛。从这以后，马岛就成了英国的海外领地。岛上设置了总督府及其他行政机构，英国移民也纷至沓来，挤走了岛上的土著居民。英国用武力夺走了马岛，阿根廷始终咽不下这口恶气，一直想重新收回马岛。

于是，战争又一次打响了。英国的竞技神号和无敌号航空母舰得知这一战况后立即赶往马岛附近海域。没想到的是，刚赶到马岛附近海域的无敌号航空母舰竟然遭到了阿根廷空军第一攻击队四架幻影战斗机的进攻，无敌号航空母舰立即陷入了巨大的危险之中。

这时，只见一群黑色的战斗机从无敌号上空像直升飞机一样腾空而起，当飞机垂直升到一定的高度后，两侧突然伸出了翅膀，背上的螺旋桨停了，黑色的直升机变成了喷气式战斗机。战斗刚开始不久，阿根廷的两架幻影战斗机便“香消玉殒”了。

原来，阿根廷军队遇到的这种空中黑色怪物便是英国军事人员模仿鹞鹰捉兔子而研制的鹞式战斗机。在整个马岛海战中，阿根廷损失了31架飞机，而鹞式战斗机只损失两架，从此之后鹞式战斗机就成了海战名机。

成长在线

空中黑魔——鹞式飞机

美国海军陆战队在二战后一直想要建立一支属于自己的空中力量，希望成立一支既能像直升飞机那样垂直起降又具备固定翼飞机航程和速度的新型战斗机部队。鹞式战斗机正是这样的理想机种。

鹞式战斗机的两个机翼可以向后向下折起，四个喷管喷出的热空气可以提供 23800 磅的推力，使整个飞机能够从地上升起，进入盘旋状态，然后再飞向远方。它是世界上第一种实用的可以垂直起落、快速平飞、空中悬停和倒退飞行的战斗机。鹞式战斗机实现垂直短距起落的基本原理在于采用一台四个可旋转喷口的飞马涡扇发动机来提供起落时所需的推力。两对喷口对称于飞机重心，分置机身两侧，通过喷口操纵系统的操纵杆和发动机油门杆，实现发动机推力的大小和方向的改变。简单地说，这种飞机结合了直升飞机和喷气式战斗机的优点。

克格勃盗走“响尾蛇”

这是一个十分奇特的故事，虽然听起来让人难以置信，但它却真实地发生了。

1967年，苏联克格勃在联邦德国的一个间谍小组接到命令：隐蔽待命，寻找机会偷一架F－4E鬼怪式飞机。受命偷F－4E飞机的这个间谍小组共有3个成员。组长叫曼弗列德·兰明格，是个30多岁的德国建筑师。他早在1963年就在莫斯科受过间谍训练。另一个成员是约瑟夫·林诺斯基，是一个有经验的锁匠。第三个成员沃尔夫·诺普是联邦德国空军第74战斗机中队飞行员。

就在偷窃F－4E战斗机的准备工作正在紧锣密鼓地进行的时候，诺普所在的部队又进了一批新装备，其中有美国生产的“响尾蛇”空对空导弹。“偷一枚导弹并不是难事，何不偷一枚威力巨大的‘响尾蛇’呢？”兰明格在听了诺普的详细行动计划之后，也相信这是一件“顺手牵羊”的好买卖，而且这并不会妨碍偷F－4E鬼怪式飞机。于是，诺普先对基地的导弹库进行了仔细侦察，然后将库房那些锁的详情告诉林诺

斯基。在研究了基地的保安措施及其他有关情况后，他们选定 10 月 7 日动手。在策勒空军基地，老鼠十分猖獗。基地司令下令 10 月 7 日晚上下毒饵灭老鼠，所有养狗的住户都得把狗关起来。这可是个意外的好机会，排除了偷导弹的最后一个障碍。

这天天黑以后，诺普先到基地环形栅栏边一个选定的地方，把铁丝网剪开一个口子，然后再把它恢复原状。午夜后，他们来到了导弹库。林诺斯基没费多大劲就打开了几道门锁。他们进入库房后，把一枚响尾蛇导弹从安置架上卸下来，装上双轮手推车。他们把导弹推出库房，又把几道门按原样重新锁好，然后从预先剪开的豁口处把导弹抬出铁丝网。在附近的一条胡同里，兰明格正在诺普的马塞拉蒂牌跑车旁等着他们。

就这样，他们驱车来到了克雷菲尔德的一所公寓。在那里，他们把导弹分成两部分，分装在两个木箱里，贴上商业样品的标签。当诺普长途跋涉赶回策勒空军基地的时候，兰明格开车来到杜塞尔多夫机场，把两个木箱寄往莫斯科。当"响尾蛇"已成了苏联人的囊中之物时，蒙在鼓里的德国人还不知道自己的导弹被人偷走了。由于这次行动，兰明格和他的同伙得到了3万美元的报酬。

成长在线

咬定目标不放松的"响尾蛇"导弹

响尾蛇空对空导弹具有很强的攻击能力。不论在印巴战争、中东战争、黎以战争，还是在海湾战争中，它在空中击落的飞机竟占所有被击落飞机总数的40%以上。

顾名思义，响尾蛇导弹是模仿响尾蛇而研制的导弹。在响尾蛇头部两侧，鼻子和眼睛之间，有一个敏感的热感受器，又叫颊窝，能够感受到微小的温度变化。响尾蛇就是依靠这个颊窝发现和捕捉猎物的。

模仿响尾蛇而研制的响尾蛇导弹头部的最前端有一种名叫红外自动探寻制导系统的装置，它类似于响尾蛇的热感受器，能够察觉并接受红外线。飞机在飞行时，其尾部喷出的高温气流放出的红外线很强，导弹头部的红外探寻装置感受到飞机放出的较强红外线并进行追踪，直到将飞机击落。

英阿马岛之战

17 世纪曙光初露的时候，荷兰人最早发现了马岛，并将它命名为塞巴尔德群岛。30 年后，一名英国人在南大西洋航行时因避风暴也偶然发现了这群岛屿，随即给它们起名为福克兰群岛，英国人至今沿用这个称呼。

斗转星移，又过了一个多世纪，一批法国海军在该岛登陆，按照当时的殖民主义惯例，谁发现了无主之地，谁就可以插上本国国旗，宣布该地为本国所有。法军喜出望外，立即宣布法国拥有该岛主权，并改名为“马洛于安埃群岛”，马尔维那斯群岛的名称就是由此演变而来的。

为争马岛主权，当时统治阿根廷的西班牙和英法展开了一场争斗，后来法国曾以 2.4 万英镑将索莱达岛（即马岛）转手倒卖给西班牙，1770 年，西班牙人又将英国人赶走，从而控制了该岛。19 世纪初，拉丁美洲民族独立运动风起云涌。1810 年，阿根廷脱离西班牙，宣布接管该群岛。1816 年，阿根廷正式独立，把马岛定为阿根廷的第二十四省。4 年之后阿根廷海军把国旗插上索莱达岛要塞顶峰时，鸣放了 21 响礼炮，宣布阿根廷拥有了马岛的全部主权。

“大英帝国的旗帜一定要在马岛重新升起!”1982 年 4 月，英国和阿根廷的马岛战争爆发了。阿根廷海军舰艇力量薄弱，不足与英国庞大的现代化舰队抗衡。对英舰队的攻击，主要依靠航空力量。

这天，阿根廷一架有空中杀手之称的超级军用飞机飞离基地，首先贴海面超低空飞行，发现英军目标后，发射出了从法国进口的 AM－39 飞鱼导弹。飞鱼导弹垂直落下，在据海面 2 米处点火。改为平飞的飞鱼，它发出啸声，以 1 马赫的速度擦着浪尖扑向英舰。

当英国谢菲尔德号导弹驱逐舰发现飞鱼时，为时已晚，控制中心来不及做出稍微有效的反应，飞掠而来的导弹便击中舰左舷中部。导弹穿舷而过，钻进甲板下的控制中心，爆炸引燃了控制中心密集的电线和通讯电缆的塑胶外衣。刹那间，舰上火焰熊熊，毒烟弥漫。这艘价值 1 亿美元的大型现代化军舰，就这样被一枚只值 20 万美元的飞鱼导弹报销了。一时间，飞鱼导弹名声大振，在世界军火市场上的身价猛地拔高到 100 万美元以上。此后，在 5 月 25 日的阿根廷国庆日，阿根廷空军再次用飞鱼导弹击沉英国本土开来的一艘补给万吨集装箱船——大西洋运输者号。

成长在线

海面匍匐杀手飞鱼导弹

在马岛战争中，阿根廷以微弱之师给英国人以重创，可以说飞鱼导弹立下了赫赫战功。

飞鱼导弹是法国根据飞鱼掠海超低飞行的特点研制而成的反舰导弹。作为一种进攻性武器，反舰导弹分为空舰导弹、岸舰导弹和舰舰导弹。但是发射出去的导弹如果飞行过高，很容易被对方雷达发现，要么被拦截，要么被避开。飞鱼导弹作为一种能掠海面 5 米超低空飞行的空对舰反舰导弹，发射后如同飞鱼一样作超低空掠海飞行，能进入反舰雷达超低空盲区，从而出其不意地打击敌人。

童年的游戏

一个夏季的傍晚，一群孩子正在河里尽情地嬉戏。等到他们玩够了，玩累了，就光着小屁股躺在了河岸上。他们躺在那，嘴里并没有闲着，他们正在讨论怎样才能打出最好的水漂。大家你一言我一语叽叽喳喳地争论起来。有的说："要想打出好的水漂，必须用大石头！"另一个立即反对道："我看你就没打过水漂，要不然怎么说要用大石头，石头越大，沉得越快，怎么还能打出好的水漂？""那你说，怎样才能打出漂亮的水漂？你说的倒是好听，你打一个试试，真是站着说话不腰疼。""试试就试试，我还怕了你吗？"

吵闹间，二个小伙伴来到了河边。那个持反对意见的小伙伴拿起一个扁扁的石头，侧着身子挥动了胳膊，只见石头在水中跳跃了几下就沉入水中了。"哼，有什么了不起的！"说完，另外一个小伙伴也打起了水漂，可是不巧的是，石头却直直地落到了水里。其他的小伙伴们看他们两个玩得热闹，就一窝蜂似的打起水漂来。只见那些高手们打出的石头，大都在水面上巧妙地跳几下甚至十几下，才沉入水中，每一下都溅出一簇浪花，如白条跃出水面，

依次下去，又如朵朵玉兰绽放，煞是壮观。

那些初学者扔出去的石头则沿着抛物线的轨迹“扑通”一声落进水里。他们有的抱怨自己找的石头不好，有的则赶紧向那些熟手学习。于是老师便开始按部就班地教学生。选石，要选大小合适，薄片形状的；打的时候要尽量弯下腰贴近地面；打出的石头要有一定的旋转……有如此的老师，再加上学生们孜孜不倦的练习，打到十几次时便有了水漂。经过以后不断地练习，一般情况下水平都会有不同程度的提高。

当然，老师也不能白教，一个苹果，一块白面馒头，一个弹弓或一个陀螺都可以是学费，学成之后当然是在小伙伴前卖弄，除了获得同龄人艳羡、钦佩之外，也会像自己的老师一样收取一点学费，得到一点实惠。

今天，打水漂可能只是一部分人对童年美好而苦涩的回忆。因为他们小时候生活在农村，没有现在那么多好玩的玩具，只有自己发明不需要花钱的游戏了。一旦找到一种，就经年不断地玩，像这种打水漂就是一年四季都可以玩的游戏。

成长在线

跳弹攻击法

恐怕没有人想到，在物质条件不丰富的社会里，打水漂这种小孩子打发无聊时光的游戏，会变成一种攻击方法——跳弹攻击法。

打水漂其实包含着物理学原理。如果物体的运动轨迹与水面的夹角较小，物体在高度旋转的状态下接触到水面，刹那间，水面的反作用力会使物体向上跃升，同时受惯性的作用，物体还会继续向前水平运动。

在第二次世界大战中，盟军为了袭击德国水坝，打击希特勒的嚣张气焰，研制出一种圆柱形炸弹。炸弹在离开弹仓前，先以每分钟 500 转的速度绕自己的长轴旋转，被投到离大坝不远的水面时，高速旋转的炸弹不会落入水中，而是依靠惯性和水面反作用力，跳跃着飞向目标，这个发明就是受到了打水漂游戏的启发。

乌贼带来的灵感

1941 年 4 月的一天，一架全新的飞机冲天而起，飞机后部喷出强大的气流推动着飞机不断地上升、加速，一直达到了时速 600 千米。随后，飞机在驾驶员的操纵下，又安全返回了地面。成功了！成功了！飞机设计人员惠特尔留下了激动的泪水。五年了，不知经历过多少次失败和挫折，不知付出了多少艰辛与汗水，终于等到了这让人振奋的日子。

喷气式发动机的产生，给世界航空工业带来了一场革命。由于它采用了全新的工作原理，可为飞机提供远远超过其前辈——活塞式发动机的强大动力，而且它还摒弃了前者所“难以割舍”的痼疾——螺旋桨，因而大幅度提高了飞机的性能。如今，喷气技术已经得到了越来越广泛的应用，不论是军用还是民用飞机，甚至某些航模也采用小型脉冲喷气发动机作为自己的动力装置。然而，当英国人弗兰克·惠特尔爵士将这只“丑小鸭”刚刚带到世界上来时，却颇费了一番周折。

惠特尔是英国航空士官学校的学员，他一直在为提高飞机的飞行速度而钻研。有一次，他在海洋博物馆参观

时，博物馆里的乌贼引起了他的兴趣。他看到乌贼在遇到强敌时，喷出像墨汁一样的烟幕弹，掩护自己快速逃跑。但乌贼不是像普通鱼那样以双鳍游动，而是靠尾部喷出水，产生反作用力，推动自己前进。他由此想到，古代人曾经主张利用喷气使车辆行驶；物理学家牛顿也曾经提出利用蒸汽喷射反作用力驱动车轮。那么能不能让飞机也靠反作用力飞行呢，比如说利用喷气飞行。他的设想是：用涡轮喷气发动机作为飞机动力。发动机工作时，首先让压缩空气和燃料混合起来，然后引燃的混合物质产生强大压力，使气体从飞机尾部喷射出来，从而产生巨大的反作用力，推动飞机前进。

此后，他便展开了一系列艰难繁琐的实验。经过五年的努力，他终于实现了自己的理想。1948 年，英国政府终于公开承认了惠特尔的贡献，授予他勋章和奖金，并封他为爵士，晋升准将。全世界许多国家、城市、大学、专业学会也给他无数的奖章和名誉学位。1976 年惠特尔移居美国，成为一名大学教授，定居在安静的乡间。

成长在线

喷气式飞机的推动力

我们在过春节的时候经常放鞭炮。有一种叫钻天猴的花炮，点燃后，尾部喷出火花，飞上天空爆炸。这很像古代的火箭。宋朝发明的带火药的火箭，就是运用这样的原理。火箭上有个纸筒，里面装满火药。火药燃烧的时候，产生一股强烈的气流从尾部喷射出去，利用喷射气流的反作用力，火箭就能飞快地前进。

喷气式飞机前进的动力也跟这个类似。涡轮喷气式发动机作为新型动力装置诞生后被装在喷气式飞机上，空气经过压气机压缩后会进入燃烧室与燃料混合燃烧；膨胀的燃气进入与压气机同轴的涡轮并推动涡轮旋转，使压气机正常工作；从涡轮中流出的燃气经尾部喷管膨胀后，高速向后喷出，从而产生巨大的反作用力推动飞机前进。

威慑敌胆的幻境

1865 年，中亚地区的一个国家出兵侵占了我国新疆。清朝政府得知这个消息后立即派兵前往新疆，力图一举消灭侵略者。

一天早晨，清军准备攻打驻扎在乌鲁木齐以南的达坂城中的侵略者。当时正是隆冬时节，天气非常寒冷。为了驱寒，在攻城前，清军在城外燃起了几堆大火，火势十分猛烈。清军官兵都围坐在火堆的周围取暖，并做着战前的准备。

此时，城外的大火呼呼地燃烧着。城中的侵略军却突然发现，有许多身穿黑衣、体型健硕的清兵从天而降。他们几乎吓破了胆。很多人都惊慌失措地大声喊着："天兵来了！天兵来了！大家快逃啊！"顿时，侵略军慌作一团。他们手忙脚乱地拿起枪支，冲着他们看到的黑衣清兵开起枪来，没想到子弹没有打到清兵的身上，反倒听见自己人"妈呀""妈呀"地叫了起来。

这时，侵略军的首领一看不好，便派兵发射炮弹，没想到大炮炸了膛，把城门炸开了一个缺口。城外的清军哪肯放过这个千载难逢的好机会，乘势冲进城里，很快便打

垮了敌人，夺回了达坂城。其实，哪有什么天兵天将，原来清兵生火时，气流升到空中，城市上空正好飞过一群乌鸦，在光的折射下，乌鸦的影子变成了奇形怪状的幻影，使侵略者产生了错觉，以为是清军从天而降了呢！

无独有偶，在上世纪 90 年代，美军入侵索马里的时候也遇到了类似的情况。有一次，一小队美国海军陆战队奉命到沙漠中搜捕艾迪德武装分子。当他们在沙漠中艰难跋涉的时候，忽然，狂风大作，飞沙走石，眨眼间，一望无际的沙漠顿时成了一个漩涡的中心。这些士兵们看着漫天飞舞的黄沙都抱着头惊恐地趴在沙子上。就在此时，在漩涡的中心突然涌起了一股高达百米的沙暴，在沙暴的中央还赫然屹立着一个巨大的耶稣像，士兵们顿时吓得手足无措，冷汗直冒，他们立即跪在地上不断地向耶稣像祷告。不久，肆虐的狂风停了下来，狂野的沙暴消失了，耶稣像也不见了。

这究竟是怎么回事呢？原来这是美国进行的一次实

验，他们在考察虚拟技术在作战中的效果。

成长在线

现代战争中的虚拟技术

虚拟技术是20世纪80年代末、90年代初才开发出来的一种实用技术，由软件、计算机硬件和各种传感器构成三维信息的人工环境——虚拟环境。在虚拟世界中，参与者的感觉就像真的一样，环境像真的，人也像真的在环境里，而且这个环境中的一切都在相互作用。其中的物体能够按照自然规律的发展而变化，人在其中有听觉、视觉、触觉、嗅觉等感觉，它比自然产生的光的幻象要丰富得多。

虚拟技术已经在医疗、教育、军事模拟和可视化等方面广泛应用。用它制造光的幻象，能达到以假乱真的效果。在战争中，虚拟技术效果明显，可以欺骗敌人，使敌人产生恐惧心里，从而削弱其战斗力。

卧室中的怪兽

法国著名生物学家居维叶自幼就被认为是神童。他 4 岁的时候就能读书，14 岁就进入了斯图加特大学。由于他奇迹般的记忆力、极其严格的科学训练和执着的学习热情，他 18 岁的时候就已经学有所成，开始出任诺曼底大学的助教。居维叶曾多次出任政府的大臣、部长等职位，但由于对时间和精力的充分利用，他同时在科学上也做出了惊人的成就。他的著述之多，收集材料之广，为世人所罕见。居维叶生前的影响遍及整个西方世界，他被当时的人们称为“第二个亚里士多德”。据说，在他教学的过程中还发生了一件有趣的事呢！

“居维叶，居维叶，快点拿命来……”一天晚上，居维叶已经迷迷糊糊地进入了梦乡，猛然间，他听到一种低沉而恐怖的声音在自己的耳边萦绕。一开始他以为是在做梦，就没有在意。可是紧接着他就听到了咆哮声和喷鼻的声音，而且声音越来越大，他一下子被惊醒了。

居维叶睁开眼一看，只见一头怪兽站在自己的眼前，怪兽的头上长着两只大角，两只眼睛就像铜铃那样大，张着血盆大口，缓缓地移动着四只蹄子，慢慢地向居维叶走

来。居维叶看到这个怪物不禁吓得目瞪口呆，一时不知怎么办才好。还好，片刻之间他就恢复了理智，他的大脑转得飞快，他在思谋怎样才能脱离危险。

可是当他借着灯光再仔细打量那怪物的时候，情不自禁哈哈大笑起来，说："哎，你不过是个吃草的东西，又不吃肉，也没有什么好怕的。你这个大家伙，害得我觉都没睡好，我现在可要睡觉了！"说完，便又躺到了床上。那个怪兽听居维叶这么一说，一下子愣住了，随后便放声大笑起来。居维叶听到笑声觉得很奇怪，再回头一看，正好看到头套下的脸，原来这怪物是居维叶几个淘气的学生假扮的。

学生们惊讶地问居维叶如何能这么容易识破自己的恶作剧。居维叶幽默地说："我可是吃生物这碗饭的，对各种怪物都感兴趣，更不会害怕食草动物，食草动物不会吃人，而人却会杀死食草动物。"随后，他向学生们讲了食草动物和食肉动物的区别。学生们更加佩服老师了。

成长在线

谁吃草，谁吃肉

如果你是居维叶的学生，你一定也会向老师请教如何区别食草动物和食肉动物吧！

判断食草动物还是食肉动物，主要是看口腔、牙齿、四肢和颌骨。食肉动物经常咀嚼、撕咬生肉，口腔上下的骨头和肌肉一定也很发达，牙齿一定也很锋利。而且眼睛、鼻子、耳朵都很灵敏，这样才能发现猎物。

居维叶看到的怪兽有四只蹄子两只角。这样的蹄子是不适合追赶和捕获猎物的，山羊和黄牛就是这样。一般长角的动物都不是食肉动物，例如鹿和牛。因此居维叶断定怪兽是食草动物而不是食肉动物，自然就没有什么可怕的了。

无私探矿员

利用动物找矿，是一门新兴、有趣的学科，人们把它叫做地动物学。地动物学主要是研究利用动物的器官和行为，以及与其活动有关的矿物进行地质、地球、化学环境的调查和矿产资源普查勘探的各种方法，并探索其间的变化规律和理论依据的学科。

有些爱打洞的动物如刺猬、土拨鼠和穿山甲等，在打洞时常把煤屑和其他矿物搬运出来，不自觉地给人们探了矿。海洲香薷等含有较多的铜，当动物吃惯了这类植物后，其血液中往往含有较多的铜，人们可以根据动物血液中所含铜的数量，来判断铜矿。有名的非洲赞比亚铜矿带，就是根据羚羊血液含铜较多这一线索而发现的。

蜂蜜中含有丰富的铜、钼、钛等元素，苏联乌拉尔养蜂场在分析蜂蜜成分时，爆出了这一惊人发现。原来蜜蜂在蕴藏丰富铜、钼、钛矿床的地区采集花粉时，通过植物和风将这些金属元素吸收了过来。后来，果然在附近找到了铜矿、钼矿和钛矿。

在南美洲的委内瑞拉有一种灰色小鸟，当地人叫它矿工鸟。地质工作人员经常根据矿工鸟活动的踪迹寻找石英

矿。原来，矿工鸟经常栖息在莫拉树上，并以此树的浆果为食，而这种莫拉树只生长在富含石英的地方。所以，往往找到矿工鸟就能找到莫拉树，并发现石英矿。

狗也会探矿。如果在动物世界评选“采矿冠军”的话，狗可荣获桂冠。这是因为狗有着灵敏的嗅觉，经过训练的狗可以识别200万种不同的气味，能闻到地下几十米深的矿石，特别是硫化矿物的气味，然后嗥叫报矿。

更有意思的是鸭和鹅也能“帮助”人们探矿。例如，贵州省天柱县远口乡一位农民在杀一只2公斤多重的鸭时，在鸭肚内发现了一颗重6.5克的金粒。根据这一“信息”，在此地勘探出了有名的金矿。广西巴马县一位农民过节时杀鹅，在内脏中洗出一重约6克的金粒，又杀几只均是如此，根据这一“线索”，在鹅群活动的一条小溪上游勘探出了金矿。这是由于鸭鹅把混有金的砂粒吃进后，砂粒经胃研磨成粉末后被排出，金粒则不易被磨碎而积存在胃中。

动物探矿，节省资金，只要留心观察所处环境的动物“信息”，或许就会有重大的发现。

成长在线

矿物的形成

看到上面利用动物找矿的故事，是不是觉得很有意思？那么矿物是怎样形成的呢？

矿物的形成必须具备以下几个条件：有矿物的物质来源；有一定的空间；有一定的时间。有的矿物的形成还需要具备一定的温度和压力。

矿物通常分为原生的、次生的和表生的三类。原生矿物是指火成岩中在岩石最初凝固期间所形成的矿物。而火成岩是由岩浆在地下火喷出地表后冷却凝结而成的岩石，又称岩浆岩。次生矿物是指在岩石和矿石形成之后，其中的矿物遭受化学变化而改造成的新矿物，如橄榄石经热液蚀变而形成蛇纹石。表生矿物是在地表和地表附近范围内，由于水、大气和生物的作用而形成的矿物，主要包括湖泊海洋中的沉积矿物，如石盐、硅藻土等。

以诈售诚

1982年广州交易会期间，湛江家电公司参加了该交易会的生意洽谈。虽然这家企业的产品质量不错，但由于知名度比较低，几乎不为人所知，因此门庭冷落，前来洽谈生意的更是屈指可数。再看看其他厂家的订货办公室前人山人海，简直就如过江之鲫一般，多的数不过来。

看看人家，再看看自己，湛江家电公司的决策者们不禁心急如焚。现在做广告宣传吧，一是时间来不及，二是竞争不过人家。眼看着大好的机会都被那些有名气的公司或厂家抢去了，他们一时间还真不知该怎么办才好。这几个人一个个抓耳挠腮，急得如热锅上的蚂蚁一般。就在这时，公司的总经理小声地对他们几个说："现在我们就上演一出'以诈售诚'的好戏。"说完，就对其他几个人耳语了一番。几个人听后立即眉开眼笑起来，他们都对总经理暗挑大拇指。

第一天下午，他们就在订货办公室门前挂出了"第一季度订货完毕"的牌子，只留下一名工作人员在那里假装应付，其他人都悄悄地躲了起来。这时，路过湛江家电公司订货办公室的客人都纳闷起来：怪了，上午看的时候，

这家公司前面还没有几个人呢，怎么刚到下午就打出了“第一季度订货完毕”的牌子。

第二天，他们又挂出了“第二季度订货已满”的牌子，还是有一名工作人员，其他人都不见了。人们看到这牌子更加诧异了，都在那小声地议论开了。第三天，挂的牌子上写着“请订购 1984 年的货”，工作人员竟然也没了。人们都在那儿纷纷猜测：这家公司的产品质量肯定不错，而且价格也便宜，要不然怎么才两三天的时间都开始预定 1984 年的货了。“是啊，是啊！看来我们下午得早早地赶来订货，来晚了连 84 年的货恐怕也定不到了啊！”

等到第三天下午工作人员来的时候，一时间，湛江家电公司洽谈处的门前挤满了人，客户们都争先恐后地前来订货。于是，该公司 1983 年、1984 年的货额真的全部订满了。不仅如此，香港的一位客商原来每年从日本订购的

80万支光管支架的大宗买卖，也转给了湛江家电公司。湛江家电公司生产的“湛江牌”光管支架出人意料地打进了香港市场。该公司很快便名声大振、闻名遐迩了。

成长在线

从众心理

湛江家电公司实施“以诈售诚”之计，客户争先恐后来订货，他们的心理是：别人都订了他们的货，他们的货肯定质量好、价格便宜，因此我们也得赶紧订，不然就订不到了。心理学上把这类受他人影响、有意无意地跟着做的现象叫做“从众行为”。

生活中有不少从众的人，也有一些专门利用人们从众心理来达到某种目的的人，某些商业广告就是利用人们的从众心理，把自己的商品炒热，从而达到目的。生活中也确有些震撼人心的大事会引起轰动效应，群众竞相传播、议论、参与。

不加分析地“顺从”某种宣传效应，到随大流跟着众人走的“从众”行为，以至发展到“盲从”，这已经是不健康的心态了。多一些独立思考的精神，少一些盲目从众，以免上当受骗，方为健康的心理。

临时教练

1959 年第 25 届世界乒乓球锦标赛，我国选手容国团获得了男子单打决赛权，他的对手是匈牙利老将西多。

俗话说："冤家路窄。"当时在世界上所有的乒乓球运动员中，容国团最发怵的就是这位匈牙利老将西多。西多不仅打法老辣，而且经验丰富。以前两个人曾经交过几次手，但容国团一次也没有赢过。就在前些天的团体赛上，容国团又以 0∶2 败给了他。所以，还没等上阵，容国团就心里没底先怯了三分。

以这种心理状态登场，肯定凶多吉少。乒乓球队的领导通过容国团的表现已经看到他的胆怯，于是果断地决定：容国团进行决赛时，由运动员杨瑞华当场外指导（当时乒乓球队的教练是傅其芳）。原来，杨瑞华和容国团正好相反，他和西多的几次对阵都没有输过。就在前几天的团体赛上，他又以 2∶0 的好成绩战胜了西多。所以，有杨瑞华在场外一坐，容国团的心里就踏实多了。

比赛形势果然如我们所料想的那样，西多虽然胜了第一局，但中间休息换场地时，他突然发现向容国团面授机宜的不是傅其芳，而是自己的克星杨瑞华时，心里顿时敲

起了鼓。他的眼睛紧紧地盯着杨瑞华，看他对容国团做什么手势。而自己的教练说了些什么，他一句也没听进去。

休息时间已到，两个人再次挥拍上阵。这时，场上的形势急转直下。由于西多忧心忡忡，早已乱了阵脚，接连几次失误，使容国团的分数遥遥领先；而此时的容国团看着慌乱中的西多不禁士气大振，越打越勇，终于连胜3局，以3∶1战胜了西多，为祖国夺得了第一个世界冠军。

这场决赛与其说是一场实力战，不如说是一场心理战。中国队抓住了西多对杨瑞华的恐惧心理，对他展开了心理攻势。那么，西多的对手是容国团，不是杨瑞华，他为什么会在比赛中心理失衡，情绪不稳呢？这就是“潜意识”在作怪。西多屡次败于杨瑞华，对杨本能地有一种否定性的情绪体验。这种实际上起作用的刺激，在他不知不觉的、没有意识到的、也控制不住的时候就使他产生了恐惧心理。

成长在线

潜意识

潜意识指的就是潜藏在我们一般意识底下的一股神秘力量，是相对于“意识”的一种思想。又称“右脑意识”、“宇宙意识”。

潜意识也就是人类原本具备却忘了使用的能力，这种能力我们称为“潜力”，也就是存在但却未被开发与利用的能力。潜能的动力深藏在我们的深层意识当中，也就是我们的潜意识。

潜意识聚集了人类数百万年来的遗传基因层次的信息。它囊括了人类生存最重要的本能与自主神经系统的功能与宇宙法则，即人类过去所得到的所有最好的生存情报，都蕴藏在潜意识里，因此只要懂得开发这种与生俱来的能力，几乎没有实现不了的愿望。

吹肥皂泡的疯老头

牛顿出生在英国一个普通的农民家里。在牛顿出生前不久，他的父亲就去世了。母亲在他两岁那年也改嫁了。当牛顿十四岁的时候，他的继父又不幸故去，母亲万般无奈，又回到了家乡，于是牛顿也就被迫休学回家，帮助母亲种田过日子。

一个勤奋好学的孩子是多么不愿意离开心爱的学校啊！他伤心地哭闹了几次，母亲始终没有回心转意，最后只得违心地按母亲的意愿去学习经商。每天一早，他跟一个老仆人到十几里外的大镇子做买卖。牛顿非常不喜欢经商，便把一切事务都交托老仆人经办，自己偷偷跑到一个地方读书。

光阴荏苒，牛顿却越来越厌恶经商了，心里所喜欢的只有读书。后来，牛顿索性不去镇里经商了，嘱咐老仆一个人去。但他又怕家里人发觉，于是他每天与老仆人一同出去，到半路停下，在一个篱笆下读书。每当下午老仆人归来时，再一同回家。

这样，日复一日，篱笆下的读书生活倒也其乐无穷。有一次，舅舅看到了牛顿在炎炎的烈日下读书，于是就竭

力劝说牛顿的母亲，让牛顿弃商就学。在舅舅的帮助下，牛顿如愿以偿地复学了。复学之后的牛顿学习异常努力，他在科学研究上获得了巨大的成就。在他晚年的时候，他也没有停止过研究。

牛顿的晚年是在一所楼房里度过的。他每天都在读书、思考。早上起床穿衣服，突然想到了研究中的问题，他就像被施了魔法一样开始实验或工作，所以他时常穿错了袜子或者在夏天穿上秋天的衣服。

“太阳光是最好的光源，肥皂泡是最理想的薄面，太阳光照到上面，它为什么会变得五颜六色呢?”牛顿的脑子开始转起来。他提着一桶肥皂水走到院子里，吹起了肥皂泡。你看，他那两只眼睛直盯着飘来飘去的肥皂泡，一个泡破了，接着又吹一个，从太阳一出来他就吹，一吹就是几个小时。

邻居家的小孩子从窗户上伸出头来，冲他叫：“疯老头！你一只脚没穿袜子!”邻居家的老太太摇着头：“老小，老小，老了倒成了孩子!”后来人们知道了这疯老头竟然是英国皇家学会的研究员，他吹肥皂泡是在研究学问，不禁对他肃然起敬了。

成长在线

肥皂泡中的科学

吹肥皂泡是我们小时候都喜欢玩的游戏之一，你知道其中蕴含的科学道理吗？

其实，肥皂泡是由于水的表面张力形成的。这种张力是物体受到拉力作用时，存在于其内部而垂直于两个相邻部分接触面上的相互牵引力。水面的水分子间的相互吸引力比水分子与空气之间的吸引力强，这些水分子就像被黏在一起一样。但如果水分子之间过度黏合在一起，泡泡就不容易形成了。肥皂“打破”了水的表面张力，它把表面张力降低到只有通常状况下的1/3，而这正是吹泡泡所需的最佳张力。

爱迪生孵鸡蛋

爱迪生从小就热爱科学，凡事都要问个为什么，除此之外还要亲自动手实践一番。有一次，他看到母鸡在孵蛋，就好奇地问妈妈："妈妈，母鸡为什么卧在蛋上不动呢？它是不是生病了？"妈妈告诉他说："傻孩子，母鸡不是病了，它是在孵小鸡啊！再过一些日子，蛋壳里就会钻出鸡宝宝来。"

听了妈妈的话，爱迪生感到好奇极了，他想，母鸡卧在鸡蛋上竟然就能孵出小鸡来，那么鸡蛋到底是怎样变成小鸡的呢？人卧在上面行不行？他禁不住好奇心的驱使就

决定试一试。爱迪生从家里拿来几个鸡蛋，在邻居家找了个僻静的地方，他先搭好一个窝，在下边铺上柔软的茅草，再把鸡蛋摆好，然后就蹲坐在上边，他要亲眼看一看鸡蛋是怎样孵成小鸡的。

天快黑了，还不见爱迪生回家，家里的人都非常着急，于是到处去找他。找来找去，才在邻居家后院里找到了爱迪生。只见他坐在一个草窝上一动也不动，身上、头上沾了不少草叶。家里人见了，又生气又好笑，问他："天这么晚了，你不回家，在这儿干什么呢？你不知道我们都在担心你吗？""你们不是说，母鸡能孵蛋吗，我就在这儿孵蛋啊！小鸡就要孵出来了。""孵什么蛋，快点出来！脑子里想得都是些什么东西？"爸爸大声喝道。

"母鸡能孵蛋，我为什么不能，我要看看怎样才能孵出小鸡来。""不行，不行！快回家！简直就是胡闹吗！"爸爸又喝斥道。小爱迪生看爸爸真的生气了，便慢慢地站了起来，把鸡蛋放在了衣兜里，跟着爸爸闷闷不乐地回家了。妈妈看到他懊恼的样子，知道他在生爸爸的气，就没有责怪和取笑他，而是和蔼地对他说："小爱迪生，你知道为什么爸爸这么生气吗？""为什么，我并没有做错什么啊！"小爱迪生小声地说。"你的确没有做错什么，但你这样做，小鸡是不会孵出来的。""为什么？我做得和母鸡一模一样，为什么它能孵出小鸡来而我不能？"妈妈抚摩着他的头爱怜地说："你真是个小傻瓜！因为人的体温没有鸡的体温高，所以无论你怎么努力小鸡都不会孵出来。"爱迪生听了之后，这才明白了其中的道理。虽然他没有孵出鸡来，但是通过这次孵蛋却增长了很多知识。

成长在线

孵小鸡的条件

鸡胚胎在母体外的发育，要依靠外界条件，即温度、湿度、通风、转蛋等。温度是孵化最重要的条件，保证胚胎正常发育所需的适宜温度，才能获得高孵化率和优质雏鸡。鸡胚胎发育对环境温度有一定的适应能力，温度在35～40.5℃，都有一些种蛋能出雏。

高温下胚胎发育迅速，孵化期缩短，但胚胎死亡率增加，雏鸡质量下降。死亡率的高低，随温度增加的幅度及持续时间的长短而异。低温下胚胎发育迟缓，孵化期延长，死亡率也会增加。孵化温度为35.6℃（96F）时，胚胎大多数死于壳内。

目前在我国关于鸡孵化给温有两种主张：一种提倡变温孵化，另一种则采用恒温孵化。这两种孵化给温制度，都可获得很高的孵化率。

爱因斯坦和罗盘

爱因斯坦在上学前的一天生病了，本来就喜爱安静的他这时更像一只温顺的小猫，静静地蜷伏在家里，一动也不动。父亲看到爱因斯坦可怜的模样，就拿来一个小罗盘给儿子解闷。

爱因斯坦小心翼翼地接过罗盘，就像捧着一件无与伦比的珍宝一样。他的小手紧紧地捧着罗盘，两只眼睛目不转睛地看着罗盘中间的那根针。只见那根针在轻轻地抖动，始终指向北边。他感到非常好奇，针怎么会总指向北方吗？想到这里，他便把盘子转过去。心想："这回指针的方向该变了吧！"可是再一看，他不禁愣住了，那根针并不听他的话，照旧指向北边。

爱因斯坦更加奇怪了，于是又把罗盘捧在胸前，扭转身子，再猛扭过去，可是那根针就好像有魔力似的又回来了，还是指向北边。不管他怎样转动身子，那根细细的红色磁针就是顽强地指着北边。小爱因斯坦不禁呆住了。他忘掉了身上的病痛，只剩下一脸的惊讶和困惑：是什么东西使它总是指向北边呢？这根针的四周什么也没有，是什么力量推着它指向北边呢？直到爱因斯坦 67 岁时，他仍

然为童年时的“罗盘经历”感慨万千。

小小的罗盘，里面那根按照一定规律行动的磁针，唤起了这位未来的科学巨匠探索事物原委的好奇心。而这种可贵的好奇心，正是科学探索的动力。1953 年 3 月 14 日，爱因斯坦在 74 岁生日宴会之前，举行了一个简短的记者招待会。会上，他收到一份书面的短信。信上第一个问题就是：“据说你在 5 岁时由于一只指南针，12 岁时由于一本欧几里得几何学而受到决定性的影响。这些东西对你一生的工作果真有这样的影响吗？”

爱因斯坦看了信后微笑着说：“我自己是这样想的。我相信这些外界的影响对我的发展确是有重大影响的。”爱因斯坦接下来的回答似乎更饶有趣味：“但是人很少洞察到他自己内心所发生的事情。当一只小狗第一次看到指南针时，它可能没有类似的影响，对许多小孩子也是如此。事实上决定一个人的特殊反应的究竟是什么呢？在这个问题上，人们可以设想各种或多或少能够说得通的理论，但是决不会找到真正的答案。”

成长在线

罗盘

罗盘主要由位于盘中央的磁针和一系列同心圆圈组成，每一个圆圈都代表着中国古人对于宇宙大系统中某一个层次信息的理解。中国古人认为，人的气场受宇宙的气场控制，人与宇宙和谐就是吉，人与宇宙不和谐就是凶。于是，他们凭着经验把宇宙中各个层次的信息，如天上的星宿、地上以五行为代表的万事万物、天干地支等，全部放在罗盘上。尽管堪舆学中没有提到“磁场”的概念，但是罗盘上各圈层之间所讲究的方向、方位、间隔的配合，却暗含了“磁场”的规律。罗盘的发明和应用是人类对宇宙、社会和人生的奥秘不断探索的结果。

死海的传说

在亚洲西部，巴勒斯坦和约旦的交界处，有一个“死海”。远远望去，死海的波涛此起彼伏。但是，谁能想到，如此浩淼的海水中竟然没有鱼虾、水草，甚至连海边也寸草不生！这大概就是“死海”得名的原因吧。

然而，更令人惊叹的是，人们在这无鱼无草的海水里，竟能自由游弋；即使是不会游泳的人，也能浮在水面上，不用担心会被淹死。这真是“死海不死”。关于死海还有很多有趣的传说呢！

大约两千年前，罗马统帅狄杜进军耶路撒冷，攻到死海岸边的时候，就下令处决俘虏来的奴隶。那些奴隶被扔进死海后，奇怪的事情发生了：那些人被扔进海水中，并不像人们所认为的那样迅速地沉入海底，而是浮在了海面上，而且还被波浪送回岸边。狄杜不禁勃然大怒，再次下令将他们扔进海里，但是奴隶们依旧安然无恙。最后狄杜怒不可遏地说：“把他们都绑上大石头，然后再往海里扔。”被绑上石头的奴隶心里想：这下我们肯定要死了。但是结果令所有的人都没有想到，他们仍然浮在海面上，没有被淹死。

那位将军认为是上帝不让奴隶们死，便放了他们。直到后来人们才知道，那根本就不是上帝的“旨意”，而是因为死海里的盐份含量相当大，人被扔进去后，总会浮在海面上，不会沉到海里，所以也就不会被淹死。

可是，海水为什么含那么多盐分呢？这里还有一个故事：远古时候，死海原来是一片大陆。村里的男子们有一种恶习，先知鲁特劝说他们改邪归正，但他们拒绝悔改，于是上帝决定惩罚他们，便暗中告诉鲁特，叫他携带家眷在某年某月某日离开村庄，并且告诫他离开村庄以后，不管身后发生多么重大的变故，都不准回过头去看。鲁特按照规定的时间离开了村庄，走了没多远，他的妻子因为好奇，偷偷地回过头去望了一眼。

转瞬之间，好端端的村庄塌陷了，出现在她眼前的是一片汪洋大海，这就是死海。她因为违背上帝的告诫，立即变成了石人。尽管经过很多世纪的风雨，她仍然立在死海附近的山坡上，扭着头日日夜夜望着死海。上帝惩罚那些执迷不悟的人们，让他们既没有淡水喝，又没有淡水种庄稼。于是，死海就变成了现在这个样子。

成长在线

死　海

死海湖中及湖岸均富含盐份，在这样的水中，鱼儿和其他水生物都难以生存，水中只有细菌没有生物；岸边及周围地区也没有花草生长，故人们称之为“死海”。

死海水含盐量极高，且越到湖底越高，是普通海洋含盐量的10倍。由于盐水浓度高，游泳者极易浮起。湖中除细菌外没有其他动植物。涨潮时从约旦河或其他小河中游来的鱼到此立即死亡。岸边植物也主要是适应盐碱地的盐生植物。死海是很大的盐储藏地。死海湖岸荒芜，固定居民点很少，偶见小片耕地和疗养地等。

磁铁的奥秘

小约翰非常喜欢玩“开火车”的游戏。这个游戏就是把一些木块连成一串，当做车厢，他在前面拉着“车厢”冒充火车头。他做这个游戏做得很认真，不光要像火车那样发出“呜呜”和“哐唧哐唧”的声音，还要负责在到站时报站名，招呼想像中的“旅客”上下车。他完全沉醉到游戏当中，玩得开心极了。

这天约翰突然想到要增加几节车厢，使这个“火车头”能带领更长的火车，能承载更多的旅客。可是带钩子的小方木块都用完了，怎么办呢？约翰猛地想到了刚刚买回来的磁铁块，便快速地跑进房间拿出了磁铁块，并用绳子拴在车厢的最后面，他拴好一块磁铁，又拿来另一块。可是，好像突然着了魔一般，那块磁铁怎么也不肯乖乖地跟在第一块的后面。他刚把它放到第一块磁铁的后面，就有一股力量将他的手弹开。约翰用尽了全身的力气，可是那两块磁铁怎么也不肯吸在一起。

约翰呆呆地看着手中的两块磁铁，一时不知道怎么办才好，他已经被这奇妙的现象吸引住了。过了好一会儿，

他忽然大叫起来："爸爸，爸爸，快来看呀，这两块磁铁里住着两个小精灵！它们不愿意在一起。它们闹别扭了，谁也不理谁。"父亲忍住笑说："傻儿子，这可不是什么精灵，这是磁力在做怪，磁铁分为正极和负极，而且'同极相斥，异极相吸'。你手上这两块磁铁都是正极，当然会因为相斥而弹开啦。""真的吗？"约翰怀疑地说。"当然，你如果不信就拿那一块磁铁过来。""爸爸，是这块吗？""对，好孩子，就是缺了角的那块。这块磁铁是负极的，和你刚才用的磁铁正好相反。这回你再试试看，它们肯定会吸到一起的。”约翰试了一下，果真如爸爸所说。

看着这两块紧密结合在一起的磁铁，他觉得有趣极了，于是他的问题立即成串地出来了，“正极和负极是什么东西？磁铁为什么要分成正极和负极？为什么正极和负极就要吸在一起呢？”父亲趁机教了他很多地质学上的知识，因为这些知识都是与游戏紧密结合的，所以约翰学习起来毫不费劲。

成长在线

磁铁的先祖——磁石

磁石常产于岩浆岩、变质岩中。海滨沙中也常存在。在我国分布在山东、河北、河南、辽宁、黑龙江、内蒙古、湖北、云南、广东、四川、山西、江苏、安徽等地。

磁不但在现代医学上有重要的应用，如核磁共振成像技术，常称磁共振 CT（计算机化层析术），以及心磁图和脑磁图的应用，而且还有着悠久的历史。

在西汉的《史记》（约公元前 90 年）一书中的“仓公传”里，便讲到齐王侍医利用 5 种矿物药（称为五石）治病。这 5 种矿物药是指磁石（Fe_3O_4）、丹砂（HgS）、雄黄（AS_2O_3）、矾石（硫酸钾铝）和曾青（$2CuCO_3$）。随后历代都有应用磁石治病的记载。我国在 1921 年出版的《中国医学大辞典》（谢观编著）记载了利用磁石作重要原料的几种中成药，如磁石丸、磁石大味丸、磁石毛、磁石羊肾丸、磁石酒、磁石散和磁朱丸等。

日全食制止的战争

公元前6世纪，在爱琴海东岸，也就是今天土耳其的安纳托利亚高原上，居住着米迪斯和吕底亚两大部落。两个部落本来和睦相处，相安无事。后来，不知道因为什么原因，两个部落开始相互敌视，并且一度用刀和剑来解决他们之间的仇恨。战争已经残酷地进行了5年。随着战争时间的延长，双方的积怨更深，老百姓遭受的苦难也日益严重了。

古希腊天文学家泰勒斯看到百姓们因为战争而流离失所，内心很痛苦。他非常痛恨这场无休止的战争，决定利用一次难得的日全食的机会来结束这场无谓的战争。泰勒斯熟悉天文知识，预先推算出公元前585年5月28日，当地将会发生日全食。于是，他公开宣布："上天对这场战争十分厌恶，将吞食太阳向大家示警。如若双方再不肯休战，到时将大难临头。"交战双方都认为上天是他们的庇护者，不可能对他们发难的。他们都把泰勒斯看成是一个疯子，根本听不进泰勒斯的劝告，两军的对战也因此更加激烈了。

5月28日，正当交战双方打得难解难分的时候，忽

然间，日全食发生了，一个黑影闯进入圆圆的日面，把太阳一点一点地“往肚里吞”，眩目的太阳光盘一点一点地减少，大地上太阳光慢慢的减弱，就好象黄昏降临的样子。动物们开始不安地躁动起来，鸟儿归巢，鸡犬返窝，气温骤然下降。等到黑影把太阳全部“吞没”时，顿时天昏地暗，大地呈现一片夜色，天上的星星竟然也出来了，在昏暗的天空中一闪一闪地眨着眼睛，好像在看着他们。

就在这时，交战的双方都被推入茫茫的“黑夜”。尽管过了几分钟，黑影又开始慢慢将太阳“吐了出来”，灿烂的阳光又撒满大地，但是，这种奇异的天象给交战双方留下了深刻的印象。双方的僧侣经过一番商讨以后，都相信了泰勒斯事前警告的话，是上天不满他们的战争而发出的警告，于是双方一致同意握手言和，心悦诚服地签订了永久恪守和平的条约。泰勒斯以他的聪明才智，巧用日食签和约，从而结束了这场旷日持久的战争。

成长在线

日 食

其实，日食是一种自然现象。我们知道，太阳、月球和地球都是在空中旋转运行的，月球和地球不发光，当月球运行到太阳与地球中间，三者处在一条直线上，太阳光便被月球遮住了，看上去太阳上有一个黑乎乎的圆影，这就是日食。

日食有日偏食、日环食和日全食三种。日偏食是太阳圆面被月球遮住一部分，而太阳圆面其余部分仍然很光亮的现象；日环食是太阳圆面的中心部分被月球遮住，而太阳圆面边缘还露出像光环似的亮圈的现象；日全食是整个太阳圆面完全被月球遮住的现象。

木乃伊之谜

在古埃及，流传着这样一个动人的神话传说。在很久很久以前，地神塞布的儿子奥西里斯很有本事，曾一度为埃及国王。他教会了人们许多本领，如种地、做面包、酿酒、开矿，给人们带来了幸福。因此，人们很崇拜他，把他视作尼罗河神，并且认为人的生命就是奥西里斯给予的。奥西里斯有一个弟弟叫塞特，存心不良，阴谋杀害哥哥，夺取王位。

有一天，塞特请哥哥共进晚餐，还找了许多人作陪。进餐时，塞特指着一只美丽的大箱子对大家说："谁能躺进这个箱子，就把它送给谁。"奥西里斯在众人的怂恿下，当着大家的面试了一试。但他一躺进去，塞特就关闭了箱子，上上锁，把他扔到尼罗河里去了。

奥西里斯被害以后，他的妻子雨神伊西斯到处寻找他，终于找回了尸体。不料，这件事被塞特知道了。他半夜里又偷走了尸体，把它剖成 14 块，扔在不同的地方。伊西斯又从各个不同的地方找到奥西里斯尸体的碎块，就地埋葬了。

后来，奥西里斯的遗腹子荷拉斯出生了，他从小就很

勇敢。长大成人后，他打败了塞特，替父亲报了仇，并继承了人间的王位。他把父亲尸体的碎块从各地挖出来，拼凑在一起，做成了干尸“木乃伊”，又在神的帮助下，使他的父亲复活了。

奥西里斯的复活不是在人世间的复活，而是在阴间的复活。在另一个世界，他做了主宰，专门负责对死人的审判，并保护人间的法老。

这个神话故事开始在民间流传。后来，埃及法老听到了，便利用它来欺骗人民，说法老有神的帮助，因此活着是统治者，死后还是统治者。谁要是反对法老，那么，他活着时会受到惩罚，死后也不能顺利通过奥西里斯的阴间审判。

此后，每一个埃及法老死后，都要把奥西里斯的神话表演一番：第一步是举行寻尸仪式；第二步是举行洁身仪式，即把尸体解剖，取出内脏和骨髓，制成干尸“木乃伊”；第三步是诵念咒法，为“木乃伊”开眼、开鼻、开耳、开口，把食物塞进它的嘴里，据说，这样它就能像活人一样呼吸、说话、吃饭了；最后是埋葬仪式，把“木乃伊”装入石棺，送进他们生前为自己经营的“永恒住所”——坟墓里去。

成长在线

木乃伊

木乃伊即“人工干尸”。世界上许多地区都有用防腐香料或用香油（或药料）涂尸防腐的方法，而以古埃及的木乃伊最为著名。古埃及人笃信人死后，其灵魂不会消亡，仍会依附在尸体或雕像上，所以，法老死后，被制成木乃伊，作为对死者永生的企盼和深切的缅怀。埃及人在制造木乃伊时，首先从死尸的鼻孔中用铁钩掏出一部分的脑髓并把一些药料注到脑子里去进行清洗。然后，用锋利的石刀，在侧腹上切一个口子，把内脏完全取出来，把腹部弄干净，用椰子酒和捣碎的香料填到里面去，再照原来的样子缝好。这一步做完了之后，便把这个尸体在泡碱粉里放置70天，再把尸体洗干净，从头到脚用细麻布做绷带把它包裹起来，外面再涂上通常在埃及代替普通胶水使用的树胶，然后把尸体送给亲属，亲属将它放到特制的人形木盒里，保管在墓室中，靠墙直放着。

放电的怪物

一支探险队到印第安的某个地区进行考察。因为他们不懂当地的语言，所以特意请了一个向导。

探险队的队员们询问了向导很多当地风土民情和禁忌。向导见探险队员对这片古老而神奇的土地感兴趣，不禁眉飞色舞地讲了起来。但是当他说到此地的禁忌的时候，脸上的笑容立即没有了，取而代之的是恐惧的神情。探险队员看他如此，就笑着问："向导先生，难道在你们这片土地上还有什么让你害怕的东西吗？"有，有，当然有！"向导紧张地说。

"啊，那究竟是什么，让你们这么恐惧？"探险队员好

奇地问。"令人害怕的地方是一个小水塘，这个水塘里不知道有什么怪物，只要人一走进那里，就会被电晕甚至电死。因此而死的人们不计其数。探险队员们听后都半信半疑。他们心想："这世界上哪里有什么怪物，一切神秘的东西都可以用科学来解决。想到这儿，他们也就没有把向导说的话放在心上。

又过了几天，探险队员们来到一片沼泽进行考察。他们小心翼翼地在沼泽里艰难地跋涉着，突然在他们发现不远处有一个小小的水塘，他们兴高采烈地向那里跑去。当他们快要走近小水塘的时候，向导的眼睛里充满了恐惧。探险队员问道："这只是个小水塘而已，有什么可害怕的吗？"向导却颤抖着说："就是这里，就是这里，这就是我和你们说的那个吞没了好多人生命的地方。我们不要再往前走了。"探险队员听他这么说，都有些紧张。但他们都想探究其中的真相，于是都仔细地观察着水面。一分钟过去了，十分钟过去了，半个小时过去了，水面依然平静如镜。这时，探险队员的心放下了。他们嬉笑着说："也没有什么吗，向导是在吓唬我们！"

说完，他们当中有个胆大的便满不在乎地走向小水塘。刚走进水塘的时候一切还很正常，可是不一会，可怕的事情就发生了。这个探险队员象被什么重击了一样，浑身颤抖地一下便倒在了水塘里。在他附近的两个同伴见他遇到危险急忙跳进水塘救他，可是他们也莫名其妙的倒在了水里。

后来，经过科学家研究才知道，他们倒在水里的原因是由于受到淡水电鳗的攻击。

成长在线

淡水电鳗

电鳗脊椎动物，鱼纲，电鳗科。生活在南美洲亚马逊河和圭亚那河的电鳗，外形极似鳗鲡，体长2米左右，重达20公斤，体表光滑无鳞，背部黑色腹部橙黄色，没有背鳍和腹鳍，臀鳍特别长，是主要的游泳器官。

电鳗是鱼类中放电能力最强的淡水鱼类，输出的电压高达300～800伏，因此电鳗有水中的"高压线"之称。它的发电器基本构造与电鳐相类似，也是由许多电板组成的，分布在身体两侧的肌肉内，身体的尾端为正极，头部为负极，电流是从尾部流向头部。当电鳗的头和尾触及敌体，或受到刺激影响时即可发生强大的电流。电鳗的放电主要是出于生存的需要。因为电鳗要捕获其他鱼类和水生生物，放电就是获取猎物的一种手段。它所释放的电量，能够轻而易举地把比它小的动物击死，有时还会击毙比它大的动物，如正在河里涉水的马和游泳的牛也会被电鳗击昏。

火烧不烂的布

一千多年前，有一位名叫梁冀超的大将军。他有一件价值连城的“宝贝”，让很多将士为之眼热。到底是什么宝贝呢？

有一次，这位炙手可热的大将军率领士兵出征，在最关键的时候就是这件宝贝救了他的命，并且扭转了整个战局，转败为胜。回朝之后，他受到了皇帝的赞扬和奖赏。其他的大臣因此更对他刮目相看。下朝之后，大臣们纷纷说：“大将军真是洪福齐天，你的这件宝贝可真是功不可没啊！什么时候也让我们见识见识。”“对啊，对啊！这么神奇的宝贝也让我们开开眼，不知道大将军意下如何？”其他的大臣听见这两位大臣这么说，也表示赞同。大将军听这些大臣一说，也高兴异常，于是大声地说：“好，好！既然各位这么有雅兴，我就成全各位。请后天到我家一看！”说完，就转身离开了。那些大臣听了都高兴得手舞足蹈起来。他们对这件宝贝早就充满了好奇，今天听到大将军邀请他们到他家一见，一个个都急不可耐地盼着后天到来。

转眼间，约定的时间就到了。大臣们高高兴兴地来到

大将军的家里。等他们坐好后，大将军命令手下小心翼翼地捧上了宝贝。大臣们都十分好奇，纷纷探出脑袋看到底是什么宝贝。这一看不要紧，他们更纳闷了，不就是一件衣服吗，怎么还成了宝贝了？大臣们纷纷疑惑地看着大将军。大将军看到大臣们狐疑的神情，哈哈大笑道："各位，是不是很纳闷啊？怎么一件衣服就成了宝贝了？现在我就让你们大开眼界。"说完，他就命令手下将那件衣服放入正燃着大火的盆里。大臣们都连声叹道："完了，完了，一件这么好的衣服没了。"过了一会儿，手下从火中取出了那件衣服，衣服不但没有"灰飞烟灭"，而且衣服上的油污也被"洗干净"了。那些大臣们都被眼前的现象弄糊涂了，他们不知道这是什么原因造成的。

其实梁冀超拿出来炫耀的那件衣服，就是由我们称之为石棉的东西制成的。石棉是矿物纤维，是镁、铁、钙的硅酸盐，它的最大本领就是耐高温（约在 1000℃）。

成长在线

石 棉

石棉是6种具有商业用途的天然纤维矿物的总称。石棉这个术语不是矿物学的，而是商业性的术语，是指具有高抗张强度、高挠性、耐化学和热侵蚀、电绝缘和具有可纺性的矿物产品。石棉由纤维束组成，而纤维束又由很长很细的能相互分离的纤维组成。石棉可分为蛇纹石石棉（温石棉）和闪石石棉两类。石棉很早就用于织布，中国周代已能用石棉纤维制做织物，因沾污后经火烧即洁白如新，故有火浣布或火烷布之称。

石棉具有高度耐火性、电绝缘性和绝热性，是重要的防火、绝缘和保温材料。目前石棉制品或含有石棉的制品有近3000种，主要用于机械传动、制动以及保温、防火、隔热、防腐、隔音、绝缘等方面，使用在汽车、化工、电器设备、建筑业等制造部门。由于石棉纤维会引起石棉肺、胸膜间皮瘤等疾病，许多国家已全面禁止使用这种危险性物质。

变酸的红葡萄酒

100 多年前的一天早晨，化学家柏齐利阿斯从家里出发去实验室。临走之前妻子对他说："亲爱的，今天是你的生日，晚上有很多亲戚朋友都来祝贺你的生日，你下班后一定要记得早些回家。"柏齐利阿斯听妻子这么一说，恍然大悟道："哎呀，原来今天是我的生日啊，我都给忘了！好的，好的，我一定早点回来。"说完，柏齐利阿斯拿起一件外套就向实验室走去。

柏齐利阿斯对待工作非常认真负责。有时候他能在实验室工作几十个小时，甚至忘记了吃饭和睡觉。这次他同样在实验室里忘记了时间，更忘记了自己的生日。很快，天就黑了，被邀请的亲戚朋友们都到了，可是这时还不见柏齐利阿斯的踪影。他妻子想：肯定是丈夫做实验又忘了时间了，于是就让客人们稍等片刻，自己到实验室去找他。

她快步走进丈夫的实验室，看见丈夫正沉浸在实验中，手上沾满了黑乎乎的东西。柏齐利阿斯看到妻子很吃惊地问道："你怎么到实验室来了，难道有什么事吗？"妻子见他果然想不起自己过生日的事，就假装生气地说：

“你难道把自己的生日都忘了，家里的客人都在等着你呢！快点跟我回家！”柏齐利阿斯听完，这才恍然大悟，连手也没有洗，就和妻子一起快步回到家里。

柏齐利阿斯一回到家，便拿起一杯红葡萄酒对客人们说，“各位，真是对不起，我回来晚了。”说完他便把那杯酒喝了下去。刚喝完那杯酒，他就疑惑地问妻子道：“难道你给我喝的是醋吗？”妻子和客人们都奇怪的看着他。大家七嘴八舌地说：“刚才我们喝的都是同一个瓶子里的酒，怎么可能是醋呢？”

柏齐利阿斯仔细地看了看杯子，又看了看自己的手笑着说，我知道为什么了：“是我手上这些铂黑粉末的原因，这些粉末使红葡萄酒里的酒精与空气中的氧气起了化学反应，生成了醋酸的缘故。”客人们听到他的解释，都哈哈大笑起来，生日宴会也在愉快友好的气氛中进行着。

后来，人们把这种化学反映叫做“催化作用”，而具有催化作用的物质就叫做催化剂。

成长在线

葡萄酒的存放

在葡萄酒的酿造过程中，发酵是其中一个重要环节。发酵是将葡萄皮汁中的糖份经酵母的作用产生酒精和二氧化碳，但发酵液内的酵母菌，极易氧化成为乳酸菌，因此，初期的葡萄酒酿酒业有着巨大的难题——酒易变坏而难以储存和运送。

科学家巴斯德在研究中发现，只要在55～60℃时加热，便可以杀死使酒酸败的微生物而延长酒的储存期，因而治好了葡萄酒的易酸症。直到现在，食品工业常使用的灭菌法仍是巴斯德灭菌法：将饮料（包括牛奶）在远低于沸点的温度下加热，以避免破坏产品品质并延长储存期。

地震中的父与子

那一年，美国洛杉矶发生大地震，在不到4分钟的时间里，就有30万人受到伤害。在混乱中，一个年轻的父亲安顿好受伤的妻子，便冲向他7岁的儿子上学的学校。这时，那座漂亮的教学楼已经变成一片废墟。他顿时感到眼前一片漆黑，大喊道："阿曼达，我的儿子！"他跪在地上大哭了一阵后，猛地想起自己常对儿子说的一句话："不论发生什么，我总会跟你在一起！"想到这里，他便坚定地站起身，向那片废墟走去。

他知道儿子的教室在教学楼的一层左后角处。他跑到那里便开始动手挖。在他清理挖掘时，不断地听到孩子们的父母痛哭流涕的声音，但他们哭喊过之后，并没有寻找自己孩子尸体的意思，而是绝望地离开了。还有一些好心人拉住这位父亲说："太晚了，他们已经死了，你别在这浪费时间了。"这位父亲看了看他们，继续埋头苦挖。这些人看自己劝不了他，就悲悲戚戚地走了。后来，又有很多人前来阻止他继续挖掘，但都被他严词拒绝了。

就这样，他挖了8小时、12小时、24小时、36小时，直到他满脸灰尘，双眼布满血丝，浑身上下到处是

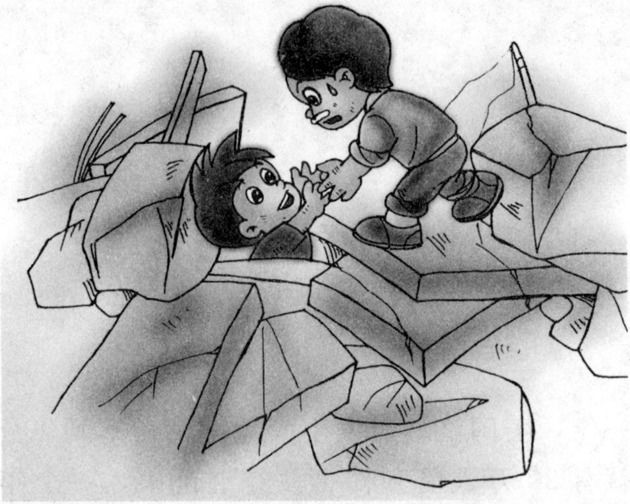

血。当他挖到第38个小时的时候，他突然听见废墟底下传来孩子的声音："爸爸，是你吗?"是儿子的声音！父亲大喊："阿曼达！我的儿子！""爸爸，真的是你吗?""是我，我是爸爸！我的儿子！""我告诉同学们不要害怕，说只要我爸爸活着就一定来救我，也能够救大家。因为你说过不论发生什么，你总会和我在一起！""你现在怎么样?有几个孩子活着?""我们这里有14个同学，都活着，我们都在教室的墙角，房顶塌下来架了个大三角形，我们没被砸着。"

父亲大声向四周呼喊："这里有14个孩子，都活着！快来人啊。"过路的人赶紧上前来帮忙。50分钟后，一个安全的小出口被开辟出来。父亲声音颤抖地说："出来吧，阿曼达。""不！爸爸。先让别的同学出去吧，我不怕。不论发生什么，我知道你总会跟我在一起。"终于，阿曼达出来了。这对了不起的父与子，无比幸福地紧紧拥抱在一起。

成长在线

地 震

地震就是地球表层的快速振动，在古代又称为地动。它就象刮风、下雨、闪电、山崩、火山爆发一样，是地球上经常发生的一种自然现象。它发源于地下某一点，该点称为震源。振动从震源传出，在地球中传播。地面上离震源最近的一点称为震中，它是接受振动最早的部位。大地振动是地震最直观、最普遍的表现。在海底或滨海地区发生的强烈地震，能引起巨大的波浪，称为海啸。

地震发生时，最基本的现象是地面的连续振动，主要是明显的晃动。地震区的人在感到大的晃动之前，有时首先感到上下跳动。这是因为地震波从地下向地面传来，纵波首先到达的缘故。横波接着产生大振幅的水平方向的晃动，是造成地震灾害的主要原因。1960 年智利大地震时，这种晃动持续了 3 分钟。

博物馆里的“枪声”

一座繁华城市的博物馆要举行一次展出。博物馆里展出的东西多得让人眼花缭乱，但这次它展出的对象却别具一格，这里展出的到底是些什么东西呢？人们纷纷猜测，后来经过多方打听才知道：原来，这里将要展出的是一些树木的果实。

人们得知这个很有新意的展出的时候，都感到很好奇。他们看过许多的博物馆展出，却从来没听说过还有展出树木果实的。于是，一传十，十传百，不到半天的时间，城市中的每个人都知道博物馆要进行一场别开生面的展出了。

转眼间，博物馆展出的时间便到了。只见博物馆里人山人海、人们摩肩接踵，到处都是充满好奇的眼睛。人们目不转睛地看着这些奇异的果实，不停地赞叹着大自然的鬼斧神工。“啊，真是太棒了！你看看这个，真是太漂亮了，这哪里是果实，分明是一座雕塑吗”“呵呵，你再看看那个，不仔细看还以为是一朵鲜花呢，没想到也是果实，真是太神奇了！”……

人们兴高采烈地看着，并不断地议论着。忽然，他们

好像听到博物馆里面传来了一阵“枪声”。人们听到这“枪声”都很吃惊：博物馆有警察维护治安，怎么会有枪声？这到底是怎么回事？他们惊恐地向四周张望。但他们什么都没有看到，只听到枪声更加密集了，就连橱窗上的玻璃也被“子弹”击碎了。顿时，人们乱作一团。博物馆里充满了恐怖的、撕心裂肺的喊叫声，到处都是纷乱、杂沓的脚步声，人们纷纷涌向出口。

博物馆里的工作人员见此情况，立即兵分两路。一部分人快速地疏散人群，一部分人积极寻找“枪声”的来源。人群很快被疏散了，幸好没有人员的伤亡。当人们还在喘息的时候，另一部分工作人员也找到了“枪声”的来源。也许说出来你都不信，制造连环射击案的不是枪手，而是正在展出的果实！工作人员知道了这种情况后，都长出了一口气。当人们知道这个消息后，更加赞叹大自然的神奇魔力了！

成长在线

植物的繁殖

植物产生同自己相似的新个体称为繁殖。这是植物繁衍后代、延续物种的一种自然现象，也是植物生命的基本特征之一。植物种类繁多，繁殖方法不一，主要有营养繁殖、种子繁殖、孢子繁殖。

有的果实在成熟以后，就会突然炸裂，发出类似枪声的声音。植物这么做的目的也是为了繁衍后代，炸裂后的果实落在地上，在合适的环境里，他们就会继续的生活下去。平时我们吃的绿豆、大豆和芝麻等都有这种现象。

国王的考验

从前，有一个国王要为公主挑选一位中意的驸马，只要是未婚的、非残疾的青年都可以参加。全国上下的年轻人听到这个消息后都兴奋异常，他们都想着自己能成为驸马，有朝一日能够享受荣华富贵，于是他们都像潮水一样涌进了皇宫。

顿时，皇宫内外里三层外三层挤满了人，直把个王宫挤得水泄不通。国王一看这么多人，不禁眉头紧锁。这么多的人，一个一个地看、一个一个地考也太慢了，这可怎么办呢？也许是急中生智吧，国王还真想出了一个主意。他命人给每个年轻人发一粒种子，让他们回家去种，等到半个月种子发芽以后再抱回皇宫。年轻人们心想：种子都有了，让它发芽还不简单，于是就领了种子兴高采烈地离开了。

这些年轻人回到家里，便给这粒种子找最好的花盆，找最肥沃的泥土，然后才小心翼翼地把它种了进去。不但如此，他们还精心地给种子浇水，让暖暖的阳光恰到好处地照耀着它。可是这种子好象真的被阳光催眠了。好几天过去了，种子始终没有发芽的迹象。于是这些年轻人着急

了，他们见了面就互相打听着。一打听，才知道所有人的种子都没有发芽，可种子不发芽娶公主肯定没指望了，于是人们各自想着解决问题的办法。

转眼间，约定进皇宫的时间到了，年轻人争先恐后地赶往皇宫。他们怀里抱着各种花盆，花盆里长着各种植物的芽或幼苗，只有一位年轻人的花盆里光秃秃的。这个年轻人看到其他人花盆里的种子都发芽了，只有自己的花盆还是光秃秃的，就愣在了那里，百思不得其解。国王仔仔细细地看着每个年轻人手里的花盆，连连摇头。最后当他的目光定格在光秃秃的花盆上时，不禁眼前一亮。国王仔细地看了看这个年轻人，大声地对众人说："你们都可以回去了，公主的意中人已经选好了，就是他！"国王用手指了指抱着光秃秃花盆的年轻人。

为什么这些种子都不发芽呢？原来，国王发的种子事先都被蒸煮过，这样的种子给它再好的条件也是长不出芽来的。国王选定那位种不出植物的年轻人，看中的就是年轻人的诚实。

成长在线

种子的繁殖

种子——裸子植物和被子植物特有的繁殖体，它由胚珠经过传粉受精形成。种子一般由种皮、胚和胚乳3部分组成，有的植物成熟的种子只有种皮和胚两部分。

种子的形成使幼小的孢子体枣胚得到母体的保护，并象哺乳动物的胎儿那样得到充足的养料。种子还有种种适于传播或抵抗不良条件的结构，为植物的种族延续创造了良好的条件。所以在植物的系统发育过程中种子植物能够代替蕨类植物取得优势地位。种子与人类生活关系密切，除日常生活必需的粮、油、棉外，一些药用（如杏仁）、调味（如胡椒）、饮料（如咖啡、可可）等都来自种子。

神奇的海洋歌手

你知道吗？在广阔无垠的海洋中，有许许多多的鱼类“歌唱家”，它们能发出各种各样有趣的声音。这些声音，让人莫名其妙，一时间无法判断。因此，还闹过一些让人啼笑皆非的笑话呢！

在第二次世界大战期间，美军为了防御德国潜艇的袭击，在大西洋切萨皮克湾的入口处设置了海底声呐站。在1942年春天的一天，这个海底声呐站突然收到了强烈的声信号。美国声呐兵以为是德国潜艇来了，而且根据信号的判断好像还来了许多，于是没加思索便立即通知了长官。美军高层长官知道这个消息后，立即下令加强警戒，准备进行反潜战。

等美军准备好一系列的军事行动和准备活动后，过了很长时间他们也没发现德国潜艇的踪影。他们都感到非常奇怪。难道是海底声呐站出了什么问题？不可能呀，声呐站有世界上最先进的探测设备，它不可能出现什么问题。但究竟是什么原因呢，人们百思不得其解。后来，美军无奈，只得派出科技人员对海底的声呐站进行了细致的检查。检查的结果很令人吃惊，声呐站竟然一点问题都

没有。

这就奇怪了，声呐站没问题，又是哪来的这么强的信号呢？美军高层长官沉思许久之后别无它法，只得让手下人密切注意声呐站附近的情况。后来，还真让他们发现了一个奇怪的现象：声呐站的周围只要有一些鱼类经过，声呐站就会发出强烈的信号。人们把这些鱼捞上来一看，原来是一群细须的石首鱼。石首鱼为什么能使声呐站有如此强烈的信号呢？原来，这些石首鱼是有名的善于发声的鱼类，它们的声音非常奇特，有时像打鼓声，有时像猫叫声，有时像是蜜蜂和鸟的飞翔声，有时有像是人在吹口哨。

在海洋中，像石首鱼这样的歌唱家还有很多。南美鲶能发出低沉的轰鸣声，在几十米外就能听到它们的声音。生活在我国南部沿海的鲂鱼，能发出近似于哨笛的美妙声音。蟾蜍鱼能发出一种奇怪的、猪叫一般的叫声。此外，海马、电鲶等都能发出声音。

尽管它们发出的声音不同，但都有一个共同点，即在产卵季节和摄食时，发出的声音特别响亮。这些鱼类很可能是通过发出声响来互相联络。

成长在线

模仿发声装置

海洋歌唱家们的歌声不仅能陶冶性情，其中的奥秘还大着呢！

在很久以前，人类就开始利用鱼类的声音捕鱼了。比如，播放鱼类摄食的声音，鱼群就很容易被吸引过来。而利用凶猛鱼类发出的声音或鱼类惊恐的叫声，很快就会把鱼群赶入网内。

近年来，随着对鱼类声信号研究的深入，在海洋养殖业中，用声音诱鱼或训鱼的工作也进步了不少。如日本在网养殖箱中配备了发出嗡嗡声的蜂音器，以此作为投饵信号来聚集鱼群。鱼类声信号的可利用空间肯定远远不止于此，神奇而浩瀚的海洋还有很多等待我们去开发的宝藏呢！

考察船的故事

生活在沿海地区的居民都知道：如果早晨海鸥和其他海鸟自由自在地随意飞出，并且飞向海洋深处，那么就预示着傍晚没有强风；如果风力不大时，海鸥和其他海鸟都在岸边徘徊，这就预示着风力即将加强；当大群海鸟从海上飞回海岸，鱼和水母成批游向大海，生活在近岸海域的小虾纷纷靠岸，那么暴风骤雨就要来临了。

这些海洋生物是如何知道天气变化的呢？原来是“海洋的声音”在帮助它们。40 多年前，一艘科学考察船在神秘莫测的大海进行考察。风平浪静的一天，一位气象工作者在船上释放高空气球以探测气象。无意中，他脚下一滑，脸就贴近了气球，顿时感到耳朵里有一股强烈的刺痛，好像有一种强烈的振荡要从气球中爆发出来似的，他忍不住喊叫起来。

人们听到他的喊叫都纷纷围拢过来问长问短。“哎呀，怎么了，是受伤了吗?”“怎么这么不小心!”……气象工作者见大家这么关切地询问自己，就把自己喊叫的原因原原本本地告诉了他们。当他们得知这一情况后，感到非常有趣，于是一个个都把耳朵贴近气球，于是轮船上便响起

了此起彼伏的喊叫声。人们都捂着耳朵，蹲在甲板上皱着眉头。这些工作人员都感到非常奇怪，究竟是怎么回事呢？他们讨论来讨论去，也没有得出什么结论。无奈之下，他们也只好各司其职去了。就在这天夜里，考察船遇到了猛烈的风暴。人们在惊恐中，也没有想到这两者之间有什么必然的联系。可是这位气象工作者却把这两件事都详细地记录在航海日记中。

后来，一位科学家看到了气球事件的记录，他非常惊讶，便开始认真研究两个事件的联系。他想：气球振荡是不是与海上风暴有着一种必然联系呢？科学家为了验证这一想法，做了无数次试验。后来，他发现：这种振荡类似于人耳听不见的一种声波振荡，这种声波就是次声波。尽管人类听不到次声波，但大自然中的许多动物都能通过次声波感觉到风暴来临前的征兆。尤其是水母，感受次声波的能力特别强。因此，大自然中的动物们才有了预知气象的能力。

成长在线

海洋声音的秘密

由于风暴掀起波浪，这些波浪和空气摩擦产生了次声波，次声波导致了气球振荡。在自然界中，许多现象都能产生次声波，如地震、风暴、极光、打雷等，而人耳是听不到次声波的。

次声波和很多频率的声波都是由强烈风暴的涡流产生的。当遥远海面上发生风暴的时候，强烈的次声波从风暴中心很快向四周传播，在空气中以每秒 340 米的速度前进。传播的速度非常快，远远超过风暴本身的移动速度。而且，次声波传播的距离非常远。所以，次声波就成了风暴来临的征兆。

吃石油的细菌

1933年4月5日的清晨，英国设得兰群岛的海面上突然狂风大作，暴雨倾盆。海浪象发了狂的雄狮一样怒吼着，以排山倒海之势肆虐而来。正在行驶中的满载着8.4万吨货物的“布莱尔号”油轮，顿时就像一片风雨中飘摇的树叶，被汹涌的海浪一会送上浪尖，一会又抛入低谷。船上的水手都被这突如其来的情况吓呆了，他们在大自然面前显得无能为力。他们任凭海水一路狂飙，内心都在祈祷能够度过这场浩劫。但事与愿违，“布莱尔号”号撞上了礁石。油轮立即被撞了一个大窟窿，乌黑的原油从窟窿中源源不断地泄露出来，并迅速在海中蔓延。水手们感到大事不好，立即报警。

得知这一紧急情况后，伦敦交通部海上污染控制中心的工作人员开始营救前的准备工作。他们从中心调来了八架飞机，随时准备喷洒油污清除剂；为防止继续泄漏，打捞公司又派出了专门职员，准备用抽油机将油轮剩下的原油抽出；志愿人员也已经整装待发，任务就是抢救被原油围困的海洋生物。这一切部署完毕，只用了半个小时时间。现在真是万事俱备，只要风浪稍小，他们就可以进行

救援了。

几天之后，风力渐渐弱了下来，汪洋恣肆的海水也开始平静下来。看到这个可喜的情况后，八架飞机立即紧急升空，用了七个小时，在海面上整整喷洒了 100 吨清除剂。但是根据实际的污染情况，要想完全消除污染，还需要喷洒 400 吨清除剂，这 100 吨是远远不够的。但就在这时，肆虐的狂风又呼啸而而来，飞机的喷洒行动被迫停止。救援的工作人员又无奈地返回了救援中心。

又过了几天，肆虐的风暴终于停息了下来，救援人员立即奔赴现场。到了那里，人们才惊奇地发现，海面上的油污竟然消失得无影无踪，海水也变得清洁如初。油污怎么会凭空消失了呢？这真是太奇怪了！人们感到大惑不解。后来，经过科研人员的的查证，才知道海面上的油污原来是被微生物吃掉了。后来，细菌就成了人们清除油污、清洁海面的得力帮手。

成长在线

石油清除菌

那些细菌为什么喜欢吃石油呢？因为它们的体内能产生一种分解石油的特殊催化剂，叫做酶，产生酶的物质就是细菌体内的遗传物质脱氧核糖核酸。脱氧核糖核酸存在于细胞质内的质体上，在一定条件下，可以在互相接触的细菌间转移。

根据这种遗传原理，美国通用电气公司的查克拉巴蒂用几种细菌培养出了具有超级吃油能力的细菌，它们含有能分解不同石油成分的酶。这种高效细菌具有强大的分解石油的能力，其速度是已知的所有微生物中最快的。在几个小时之内，它完成的任务相当于其他细菌一年的工作量。

堵塞的自来水管

我们知道，自然界中的所有生物都必须吸取一定的营养才能够维持生活。不同的生物吃下去的东西也是千差万别的。你知道吗？在自然界中就有一些细菌的口味非常独特，它们不像其他的细菌一样分解微生物，而是专门爱啃冷冰冰、硬邦邦的金属。

1955年，德国的德里斯顿市突然闹起了水荒。究竟是怎么回事呢？原来，一个星期前，这个城市的自来水管的出水量就大不如从前了，而且从水管里还流出一些水锈样的东西。人们当时也并未在意，还以为是维修人员对自来水管进行的测试。可是几天之后，水管中的水流更小了，水锈也越来越多。到了最后，全市的自来水管好像同时罢工了，就连含有水锈的水都不见了。

居民立即把这一情况向市政府进行了反映。市政府得知这一情况后，立即派有关部门的维修人员前去维修。维修人员带着维修工具急匆匆地赶往维修地点。维修人员到达之后，立即对自来水管进行了细致的检查，他们发现管内沉积了大量的铁末。奇怪，这些铁末是从哪里来得呢？他们低声探讨起来，但最终还是没有什么结果——他们根

本就不知道怎么会发生这样的事。队长说：“我看，我们派一个人把这些铁末送到实验室让科学家进行分析，然后想出修理水管的办法，其余的人都在这里清理水管内的铁末。”维修人员见没有什么好办法，也只好同意了。

后来，维修人员把铁末送到实验室进行分析。科学家们通过显微镜进行了仔细地观察，他们从铁末中发现了一种细菌，这种细菌能分解铁的化合物，而分解出来的铁质就是他们的营养物质。它们死后，便在自来水管内沉积下来，成为堵塞水管的铁末。

这种现象不仅在德国出现过，在非洲的毛里塔尼亚也曾出现过。人们发现矿井深水潜水泵的零件坑坑洼洼的，好像被什么东西啃咬过。到底是什么东西啃咬过这种铁质的零件呢？对此，科学家们专门进行了化验检查，发现水里生长着一种细菌，这种细菌十分喜爱铁，所以一发现钢铁做的潜水泵，就聚集在了上面，分解铁质并以分解的铁质为营养物质。此外，矿井里还生存着一种喜爱硫的细菌，会分解矿井里的硫，以分解的硫为养料，死后在矿井里沉积下来，也会造成矿井堵塞。

成长在线

细菌冶炼金属法

在自然界中，吃金属和非金属元素的细菌十分常见。科学家们想：如果能通过细菌来提炼金属，那比用机械采矿和化学方法提炼要方便得多。他们希望能确认吃某种元素的细菌，并设法把它们引种到矿井里。经过研究，科学家们发明了采矿业中的一门新技术——细菌冶金法。

细菌冶金法，细菌在提炼金属的工作里起主要作用，而且生产成本低廉。据美国统计，用这种方法生产1吨铜，成本仅为220美元，而用传统的电解法生产1吨铜，则需880美元。细菌冶金可以同时对几千万吨甚至几亿吨的矿石进行提炼，产量十分可观，只是周期稍长；细菌冶金要求的设备简单，所以建设周期短，生产投资少，能量消耗小，操作方便。

世界上对细菌冶金的关注也越来越大，目前已采用这种技术冶金的国家有十几个，包括美国、加拿大、英国、日本等。

雪花带来的灵感

病毒是一种比细菌还小的微生物，只有通过能把物体放大 80 万倍的电子显微镜才能看清楚它的“面容”。以前，人们对病毒充满了好奇：它们是生命还是化学物质呢？有的科学家认为它是生命，有的科学家认为它是化学物质，众说纷纭，莫衷一是，他们每个人都在想方设法验证明自己的结论。

美国的斯坦利教授从 1932 年便开始从事病毒化学研究，他设想病毒是一种独特的生物，认为它是有生命的，于是就像培养细菌那样培养病毒，结果失败了。他因此陷入了深深的困惑当中。难道病毒真的没有生命，不是一种生物，而是一种化学物质？遭受了这次失败，他不禁对自己的结论产生了怀疑。

难道病毒具有蛋白质的特性？因为蛋白质的个头较大，所以能在显微镜下看到，但他在显微镜下观察受到病毒感染的烟草叶子的汁液时，却大失所望。他又一次失败了。经受了又一次打击，斯坦利教授还真有些心灰意冷了。

转眼间冬天到了，斯坦利教授坐在温暖的房间里望着

窗外飘飞的雪花，他的思绪仍然没有离开自己所密切关注的病毒。他看到漫天飞舞的雪花，突然来了灵感：浮荡在空中的水蒸气是肉眼看不到的，但遇冷凝结后水蒸气就变成了冰晶，这样我们用肉眼就能看到了。想到这里，斯坦利决定将看不见的蛋白质结晶出来。

从患病烟草的叶子中，斯坦利教授经过多次的实验终于提取出一些用肉眼能够看到的结晶蛋白质。但是因为烟草本身就有许多植物蛋白质的成分，所以它们是否就是病毒的蛋白质还不能确定。为了验证这些结晶，斯坦利教授小心地利用纱布把这些结晶溶液抹在无病的烟草叶子上。几天后，这些烟草叶子便感染了病毒，并出现了褐色的斑点。于是他从这些病叶中提取出汁液，再抹到其他无病的烟草叶子上，它们也如斯坦利教授料想的那样也出现了斑点。这个研究便能证明：病毒是一种由蛋白质组成的边缘生命。这一发现大大推动了病毒学的研究。

成长在线

病　毒

病毒是介于生命与非生命之间的一种物质形式，所以我们说它是边缘生命。病毒是由一个或几个核酸分子组成的基因组，有一层蛋白或脂蛋白保护性外壳，能在一定宿主细胞中自我复制的感染性因子。

病毒存在于环境之中，游离于细胞之外时，不能复制，不表现生命流行性，只以一种有机物的物质形式存在。但病毒进入细胞之后，它可以控制细胞，使其听从病毒生命活动需要，表现它的生命形式。

病毒最明显的特点是极其自私，复制原料和能量全部来自所寄生的细胞，并使细胞产生病变。在进化过程中，它会与细胞和平共处，以便更好地利用细胞资源，但病毒引起的病害常常是突发性的。如人类的肿瘤，往往潜伏数年，一旦条件适合病毒的增殖时，病毒就会突然致病。

杀害贝多芬的凶手

贝多芬是著名的大音乐家，他很小的时候就跟随父亲学习音乐，八岁的时候就举办了个人音乐会。

贝多芬有非常出众的音乐才能，他曾上门向音乐大师莫扎特求教。经过无数个日日夜夜的勤奋学习，贝多芬逐渐成长为一名杰出的音乐家。但从 1816 年起，贝多芬的健康状况每况愈下，虽然多次求医问药，依旧没什么起色，后来耳病复发，这对于他来说更是雪上加霜。即使在这样的情况下，贝多芬也没有被吓倒，他说："我将扼住命运的咽喉，它决不能使我屈服。"

在万分痛苦中，贝多芬没有消沉下去，他以极大的毅力克服耳聋带给他的困难。1824 年的一天，贝多芬又去指挥他的《第九交响乐》。乐曲博得了全场观众一致的喝彩，热烈的掌声连续响起了五次。然而，他却丝毫没有听到。直到一个女歌唱家把他拉到前台时，他才看见全场观众纷纷起立，有的挥舞着帽子，有的热烈鼓掌。这种狂热的场面，令贝多芬激动不已。

1827 年 3 月 26 日，贝多芬在维也纳病逝。他的死因一直是个谜。现在，贝多芬去世的谜团终于被破解，原来

贝多芬是死于铅中毒。贝多芬的头骨碎片中铅的浓度非常高，与以前他的头发被发现含铅的结果一致。贝多芬生前曾出现的症状，如持续腹痛、消化不良、易怒和抑郁等，也充分说明了他铅中毒的可能。贝多芬的失聪也可能是铅中毒引起的。

成长在线

防治铅中毒刻不容缓

铅中毒是发展中国家儿童面临的头号环境问题。儿童铅中毒将对儿童智力发育、体格生长、学习记忆能力和感觉功能产生不利影响，长期接触铅会导致儿童脑功能不可逆转的损伤。几年前，国际消除儿童铅中毒联盟的专家告诫说，中国如不进行儿童铅中毒的防治，20 年后中国人口的平均智力将比美国人低 5%。

儿童、孕妇铅中毒之所以受到国际社会广泛的关注，就是因为它就像一个隐形杀手，在儿童看似健康的状态下侵害着大脑。由于铅中毒是一个慢性发展的过程，中毒症状不是特别明显，人们很容易忽视儿童体内铅中毒的实际状况。防治儿童铅中毒，关系到国民素质和民族的未来。这不仅仅是医学问题，也是家庭问题，社会问题，需要全社会高度重视、积极参与。目前铅中毒问题已经引起我国政府和领导人的密切关注和高度重视。

奇妙的画

战国时期，有一个富人想请一位画匠为自己画一幅画。但城里面有三个画匠，到底找谁呢？

这个富人先找了第一个画匠，付给他十两银子让他为自己画像。画匠让他坐在一个小凳子上摆好姿势便开始画像。十分钟过去了，半个小时过去了，就在富人手脚都要发麻的时候，画匠停下了笔。富人接过画一看，还真像自己，但没有神韵，于是拿着画怏怏地走了。

第二天，富人又去了第二个画匠家里，让他给自己画

像。画匠要 20 两纹银。富人心想：肯定是人家的画技高吧，要不然怎么会要这么多的银子？想到这里，他便心安神泰地让画匠画像。别说，这个画匠也真是技高一筹，他既没有让富人呆呆地坐着，也没有让他摆什么姿势，就在与富人说话的同时，一幅画就已经完成了。富人看了看，果然不同凡响，这张画比上一张漂亮多了，画上的自己，呼之欲出。于是，他便拿着画高高兴兴地离开了。

富人心想：这满城就三个画匠，现在已经有两个为我画了像，现在就让第三个画匠也给我画一张吧，也许他画得要比前两位还好呢。想到这里，他便信步到了第三位画匠那里。画匠一张口就要 100 两银子，富人好生奇怪，这画还真贵啊！但他转念一想，第二个画匠要的多，画就好一些，现在他要 100 两，肯定会更好了！想到这儿，他便把银子给了画匠。画匠接过银子对富人说："这里不需要您了，您回家等着吧！"等啊等，一直等了三年，画匠才告诉他画完了，请他前去观看。富人看到画，鼻子都快气歪了，因为这幅画居然只是一块涂了漆的木板，中间有一个小孔，此外什么也没有。

富人很生气地责问："这难道就是你给我画的画？上面怎么什么也没有？这样的画居然让我等了三年时间？"画匠不慌不忙地说："请您把这画拿回家去，挂在一扇大窗户上。当太阳光照射到上面的时候，您就可以在屋里的墙壁上看到一幅画了，而且这幅画还会活动。"

富人半信半疑地把这幅画拿回去，把它挂在窗户上。到了第二天早晨，当太阳光照射在画上时，他吃惊地发现，屋里的墙壁上果然出现了一幅画，而且这幅画看起来很熟悉。原来是窗外的一景一物都映在了墙上。而且当有人走过，或者是小狗跑跳的时候，这幅画就会活动起来。唯一的不足之处就是，整个画面是颠倒的。对于画匠的奇妙之作，富人不禁佩服万分。

成长在线

小孔成像的原理

小孔成像的原理，其实就是光沿直线传播的规律。物体上每一点所发出的光穿过小孔后，仍然呈直线传播。这样，穿过小孔后的光线汇聚在一起，就形成了一个倒着的影像。现代的摄影技术就是以小孔成像的原理作为基础的。

把耳朵当眼睛的海豹

这是一个人迹罕至的小岛。岛上郁郁葱葱。岛的中心长满了高大的树木，盛开着各种各样香味扑鼻的鲜花，丛林中还有很多小动物不断地穿梭奔跑。在这座岛屿的四周则是一望无际的海水，在蔚蓝的海水中生活着很多很多的海豹。这漫无边际的海洋就是海豹的天堂。每天，海豹们都相互友好地在海水里嬉戏。

20 世纪 60 年代，美国科学家波尔特曾经到过这里。他到此的目的就是专门考察海豹。经过数天的观察，他突然发现了一头双目失明的海豹，但这只海豹丝毫没有萎靡不振的样子，它照样和其他健康的海豹一样捕食、活动，它灵巧的程度和其他健康的海豹相比毫不逊色。

这个发现引起了他的极大兴趣。回国后，他立即在一

个公园中对海豹做了进一步的研究。每天他早早地来到公园，等到海豹发出声音的时候，就录下它们的声信号，这样的举动持续了很长时间。当录音达到一定的数量之后，他就钻进实验室对声信号进行了认真地分析。经过分析他发现：这些海豹是通过声波在水下进行回声定位的，而且它们发出的捕食超声波是可以听得见的声波。由此可见海豹的听觉非常好。

在漆黑的水下，海豹不仅能够探测水下物体的状态，还能够迅速了解那些看不见的物体的大小和内部构造。它们能够借助声波在黑暗中准确无误地捕获猎物。即便是把它们爱吃的小鱼装在密封极好的袋子里，它们也能迅速找到。它们甚至还能分辨出装在袋子里的肉是鱼肉还是牛肉或者马肉。

海豹为什么有这样的本领呢？原来，海豹身体的各种器官随着水下生活时间的增加而发生了巨大变化，为了适应环境，更快地游泳和捕捉鱼类，海豹的外耳已经变成了优美的流线型。流线型能大大降低涡流产生的强烈水流噪声，使海豹顺利接收到目标的声音。

成长在线

舰船的豹耳

军事专家们对生物学家关于海豹的研究成果发生了兴趣。因为在以前的战争中，海面舰船用来探测水下潜艇的水听器还不是很完善。正常行驶中的舰船无法检测到敌军的潜艇的声音，而只能听到舰船行驶的噪声，只有减慢速度或者完全停下来时才能检测到敌军潜艇。

于是，军事专家和生物专家一起研究海豹的耳朵，希望能研究出新型的探测器。人们根据海豹耳朵的特点，即不但能听到很远的声音，还能根据声音分辨出物体的特征，发明了声呐导流罩，又被称作“人造豹耳”，从而大大改进了水听器功能，使舰船在全速行驶时也能准确探测出敌人潜水艇的位置。

小壁虎借尾巴

小壁虎正在墙角专心致志地捉蚊子，突然一条蛇飞快地爬了过来，咬住了它的尾巴。小壁虎回头一看，原来是一条蛇，吓得出了一身的冷汗，于是用力一挣，挣断尾巴仓皇地逃走了。小壁虎没命地跑，跑啊跑，终于跑到一个没有危险的地方。回头再看自己的尾巴，不禁黯然失色。没有尾巴多难看啊！这可怎么办啊？要不然，我就去借一条尾巴吧！小壁虎想到这，就在路上寻找可以借给它尾巴的动物。

小壁虎爬呀爬，爬到了一条小河边。只见河水清澈见底，小鱼在河里摇着尾巴游来游去，快乐极了。于是，小壁虎急忙说："小鱼姐姐，小鱼姐姐，你的尾巴真漂亮，你能把你的尾巴借给我吗?"小鱼笑着说："可爱的小壁虎，不行啊，我要用尾巴拨水呢!"小壁虎愁眉苦脸地告别了小鱼，又向前爬去。

小壁虎爬呀爬，爬到一棵大树附近。他看见老黄牛正在树下甩着尾巴悠闲地吃草。小壁虎急忙跑上前去，说："黄牛伯伯，黄牛伯伯，你能把你的尾巴借给我吗?"老黄牛看了它一眼说："小鬼头，这可不行啊，我要用尾巴赶

蝇子呢。”小壁虎于是告别了老黄牛，又怏怏地向前爬去。

小壁虎爬呀爬，爬到了一座屋檐下。他看见燕子在空中摆着尾巴飞来飞去。小壁虎就大声地对燕子说：“燕子阿姨，燕子阿姨，你把你的尾巴借给我行吗?”燕子微笑地看着它，说：“可怜的小壁虎，不行啊，我飞的时候，要用尾巴掌握方向呢。”

小壁虎借了一路也借不到尾巴，心里难过极了。他心想：为什么它们都不把尾巴借给我呢？我以后就没有尾巴了，这可怎么办？小壁虎到现在为止实在没有办法了，就慢慢地爬呀爬，爬回家里找妈妈。小壁虎见到妈妈之后，就把它一天的悲惨遭遇原原本本地告诉了妈妈。妈妈爱抚地说：“你真是个傻孩子，你现在转过身子看看，看看你的尾巴长出来了吗?”小壁虎疑惑地看了看妈妈，然后转身一看，不禁高兴地叫了起来：“啊！我长出一条新尾巴啦!”

成长在线

奇异的断尾现象

当壁虎遇到敌人攻击时，它的肌肉剧烈收缩，使尾巴断落。刚断落的尾巴由于神经没有死，不停的动弹，这样就可以用分身术保护自己逃掉。

壁虎身体里有一种激素，这种激素能再生尾巴。当壁虎尾巴断了的时候，它就会分泌出这种激素使尾巴长出来，当尾巴长好了之后，它就会停止分泌。

望梅止渴

三国时期，曹操率领10万大军去讨伐张绣。队伍行进在一片荒野上，火辣辣的太阳悬挂在高空中，如同恶魔一样肆无忌惮地烧灼着大地，酷热的空气火烧人燎地让人感到窒息。水——这看似平常的东西如今却成了士兵们异常渴望的对象。他们多么希望面前突然出现一股流动的清泉呀！可是抬眼望去，眼前除了一片干裂的土地和飞扬的灰尘之外，什么也看不见。

部队继续在弯弯曲曲的山道上缓慢地行走，两边密密的树木也被阳光炙烤得萎靡不振，晒得滚烫的山石更是让人透不过气来。将士们舔着干裂的嘴唇，渴望着他们的统帅能够尽快把他们领到有水源的地方。可是，他们等啊等，也没听到曹操的任何命令。时间静静地流逝，到了中午时分，士兵的衣服都湿透了，远远看去，就如同刚从河里出来的一般。这时，行军速度也越来越慢了，有几个体力不支的士兵竟然晕倒在路边。

曹操看行军的速度越来越慢，担心贻误战机，又看到士兵们如此疲惫不堪，不禁忧心忡忡。可是，眼下几万人马连水都喝不上，又怎么能加快速度呢？他无奈之下便叫

来向导，悄悄地问他："这附近有什么水源吗?"向导叹息着摇了摇头说："在这附近没有水源，泉水在山谷的另一边，要绕道过去还要走很远的路呢。"曹操想了一下说，"不行，这样的话时间就来不及了。"

他看了看前边被骄阳炙烤的树林，一时默默无语。过了一会儿，他对向导小声地说："你什么也不要说，我来想办法。"他知道此刻即使下命令要求部队加快速度也无济于事。他思忖了一会，忽然灵机一动，有办法了！他心里一阵窃喜。他一夹马肚子，飞快地赶到队伍前面，站在一块高地上，用马鞭指着前方，对没精打采的将士们高呼道："士兵们，大家的好运气来了！我知道前面有一大片梅林，那里的梅子又大又好吃，我们快点赶路，绕过这个山丘就到梅林了！"将士们听曹操说有梅子，马上想到了梅子的酸甜可口，一个个不禁垂涎三尺，干渴的嘴里也湿润起来。他们顿时精神焕发，终于很快地走出了这片荒野。

成长在线

条件反射的应用

望梅止渴，现在常用来比喻人们不现实的想法，用空想来自我安慰。然而，从生理学角度来看，“望梅止渴”却并非无稽之谈。“望梅”确实能够“止渴”，这是人类高级神经系统活动的一种反应，是条件反射的结果。

望梅止渴之所以是条件反射的结果，是因为人们吃过梅子，圆溜溜，青凌凌的梅子曾经使吃过它的人牙龈发酸，满嘴津液。在他的大脑皮质上留下了这种“酸”的印象，而且是十分强烈的印象。这样，每当他看到梅子，或者有人给他提起梅子时，他嘴里就会发酸。现代医学常常利用条件反射来治病。譬如有人腹部手术后小便闭住了，尿不出来。大夫让病人看自来水龙头流水，听水龙头放水的声音，这样诱导病人对流水和小便产生联想，不多一会儿，随着哗哗的流水声，病人就尿出来了。也有些失眠的人，常常在睡前喝杯牛奶，做些柔软动作，这样不久后，一喝牛奶，一做动作，就产生睡意，不再失眠了。